W I N G S ・ N O V E L

椅子職人ヴィクトール＆杏の怪奇録⑥

# 遠雷、そして百年の恋について

糸森 環
Tamaki ITOMORI

新書館ウィングス文庫

S H I N S H O K A N

# 遠雷、そして百年の恋について　椅子職人ヴィクトール&杏の怪奇録⑥　目次

椅子職人ヴィクトール＆杏の怪奇録
登場人物紹介
小椋健司《おぐら・けんじ》
椅子工房「栢倉《つくら》」及び「TSUKURA」の工房長。霊感体質。
高田 杏《たかだ・あん》
椅子工房「栢倉《つくら》」及び「TSUKURA」の両店舗でバイトをする高校生。霊感体質。
島野雪路《しまの・ゆきじ》
椅子工房「栢倉《つくら》」及び「TSUKURA」の職人見習い。杏とは高校の同級生。霊感体質。
星川 仁《ほしかわ・じん》
家具工房「MUKUDORI」のオーナー。ヴィクトールの友人で、よく厄介ごとを押し付けてくる。

室井武史
むろい・たけし
椅子工房「柘倉《つくら》」及び「TSUKURA」の職人で、工房長の弟子。霊感体質。
ヴィクトール・類・エルウッド
ゔぃくとーる・るい・えるうっど
椅子工房「柘倉《つくら》」及び「TSUKURA」のオーナー兼職人。霊を感じ取れるようになりつつある?

イラストレーション◆冬臣

# 遠雷、そして百年の恋について

# 1

十一月初旬の土曜。

北の空はすっきりと晴れているが、南の空にはもくもくと分厚い白雲が湧いている。そんな天気の午後だ。

高田杏《たかだあん》は今、バイト先の椅子店「TSUKURA」の面々——オーナーのヴィクトール・類《るい》・エルウッド、工房長の小椋健司《おぐらけんじ》、同級生でもある職人見習いの島野雪路《しまのゆきじ》と、隣町の外れに設《もう》けられている「宇里川町《うりがわちょう》文化センター」前に来ていた。

ここへは職人の室井武史《むろいたけし》も同行する予定だったのだが、直前に急な仕事が入ったとかで今回は不参加だ。彼の代わりに、「TSUKURA」と付き合いのある家具工房「MUKUDORI」のオーナーの星川仁《ほしかわじん》が参加している。

本来なら杏は留守番のはずだった。が、仮にオリジナルチェアのオーダーが舞い込んだり、アンティーク製品の詳細《しょうさい》な説明を求められたりした場合、杏一人が店に残っていても、そこですぐに職人たちと連絡が取れなければ接客の意味がない。それで店は臨時休業する運びとなったが、「どうせなら一緒においでよ」というヴィクトールの一言につられ、杏も同行を決めた。

なぜ杏たちが隣町の文化センターを訪問したかというと、こちらで使用されていた家具類を買い取るためだ。

宇里川町文化センターは来月に閉鎖《へいさ》予定で、すでに一部の階では撤去《てっきょ》作業が始まっている。

この町は杏たちが住む町同様、海岸沿いに存在する。自然豊かなところで、海へと続く複数の川が、農耕地と林野で形成された肥沃《ひよく》な土地を貫流している。

土地の面積も杏たちの町より広いが、世帯数は三分の二ほどしかない。奇岩の豊富な断崖《だんがい》を抱《かか》える海岸線は景勝地としても知られているのに、いかんせん交通の不便さが目立ち、観光客に二の足を踏ませてしまう。人口は年々減る一方で、文化センターの閉鎖に関してもそこら辺のやるせない事情が根底に隠されていそうだ。

杏は、目の前に聳《そび》えるセンターを見上げて、しみじみとした。眼前をよぎった秋のモンキチョウを、ヴィクトールが軽く手で追い払い、こちらに顔を向ける。

「立ったまま寝ていないで、中に入るよ」

……この人はもう少し、情緒《じょうちょ》を大事にしてほしい。

館内に入ると、皆は真剣な表情で全体をぐるりと見回した。その後、目配せし合い、思い思いに行動する。

小椋はロビーを一周したあと、そこにいた作業員と立ち話をし始めた。一階の調理室を覗いていた雪路は星川に引っ張られ、同じ階にある会議室の長テーブルを横に倒したりずらしたりと、あれこれ力仕事を押し付けられている。かわいそうに、マイペースな星川に抗《あらが》い切れず、勝手に助手認定されたようだ。

縋るような目をこちらに向けてくる雪路からそっと顔を背《そむ》け、ヴィクトールの様子をうかがえば、彼は管理室のすぐそばにある受付の壁の上部に飾られた。錆《さび》まみれのドアベルを、熱心に見つめていた。

(自由だなあ……)

杏自身はというと、そもそもどれが引き取れそうなアンティークやヴィンテージで、どう査定すべきなのかもまったくわからないため、正直な話、手持ち無沙汰《ぶさた》の状態だった。

(というかヴィクトールさんは椅子と無関係なものを眺めているし、小椋さんは立ち話に集中しているけど……、買い取り予定の椅子をチェックしなくていいのかな)

少し不思議に思ったが、そういえばまだ、今日の取引を約束していたセンターの人間が来ていない。

(その人たちが到着するまで、暇潰《ひまつぶ》しに他のものをチェックしているのかあ)

適当な結論を出して、杏は目についた、中途半端に蝶番《ちょうつがい》が外されている管理室の木製ドアに近づき、なんとなくつついた。

「杏、管理室の中も見てみようか」

受付前にいたヴィクトールが杏のほうへ歩み寄り、小脇に挟《はさ》んでいたノートサイズのクリップボードになにやら書き付けつつ言った。が、顔を上げて杏の様子を確認すると、眉根《まゆね》を寄せる。

「こら、危ないから、そのドアをあまりいじるな。倒れてくるぞ」

「はい。……このドア、すごく年代物に感じます」

ふむ、とヴィクトールが握っていたボールペンの頭で、トントンと自分の顎《あご》を叩いた。杏の横に並び、外れかけの木製ドアを眺める。杏も、もう一度ドアに注目した。

ドアは長方形で、頑丈《がんじょう》な分厚いデッキ材を縦に並べたかのようなデザインだ。上部と下部、そして中央部分の三箇所に横長の板を上から張り、接合している。この中央部分の横板に、鉄製だろうか、重たげな黒いアイアンハンドルが取り付けられていた。

ハンドル以外に、装飾らしい装飾は見当たらない。

しかし、極めてシンプルな作りながらも、なんだか目を引く重厚感が漂《ただよ》っている。使われている板材の厚さや堅牢《けんろう》さ、木目の深い風合いが、そうした空気を感じさせるようだ。

カラーは、いわゆるアンティークらしい「濃い飴色《あめいろ》」とは違い、渋い黄土色《おうどいろ》をしている。全体のくすみ具合も自然な感じに不規則で、それらしく演出するためのヴィンテージ加工が施《ほどこ》されているようには思えない。

杏の目にはそう映《うつ》るのだが、実際はどうなのだろう。

「ううん、この一見粗野なようでいて、実はしっかりと品を備えた独特の雰囲気は、マホガニー材……、ではない。絶対にない……」

杏はぶつぶつとつぶやきながら、ちらりとヴィクトールの反応をうかがった。

ヴィクトールの視線はいつの間にか、くだんのドアではなく杏のほうを向いている。おまけに、にやにやしてもいた。

（私が知ったかぶりをしてると思って、楽しんでいる顔だ）

杏は眉間《みけん》に皺《しわ》を寄せた。

このドアの材質がマホガニーじゃないことくらいは、わかる。

だてに誰かさんの椅子談義を聞いてきたわけではない。

マホガニーとは、言わずと知れた三大銘木《めいぼく》のひとつ。高級家具によく使用される木材だ。

「マホガニーだったらもっとこう、猫脚！　ロココ！　ゴシック！　って感じに派手さが迸《ほとばし》ると思うんですよね。なおかつ『運命』とかのクラシックが大音量で流れてきそうな、重々しい特徴《とくちょう》も感じさせるはずなんですよ」

杏は気難しい顔を作って、両手でエアピアノの動作をした。

ヴィクトールが思わずというように「はは！」と声を上げて笑う。だがそれをごまかそうとしたのか、すぐさま、ぱっと片手で口元を覆《おお》った。

「……くそ、普通に笑ってしまったじゃないか。君の指摘、あながち間違っていないところが悔しいよ」

笑いの滲《にじ》む表情でヴィクトールが答える。

「君のいう『運命』って、ベートーベンの曲だろ。確かあれは一八〇〇年代初頭に作曲されたから、その流れでマホガニー、クラシックと連想するのはわかる。猫脚……カブリオレも、一七〇〇年代から少しずつ形を変えて、その時代に引き継がれているね」

「進化版カブリオレですね。ええ、わかりますよ、私。カフェオレだって、カフェラテとかカフェモカとかに進化していますしね。カブリオレも、時代とともにバージョンアップして当然です」

以前に杏は、カブリオレという言葉から、カフェオレを連想している。

そのことを揶揄《やゆ》される前に、自分でネタにしてみた。……のだが、ヴィクトールはそこでまた噴き出した。

「いや待て待て、進化版ってなんだよ。カフェオレとラテの違い、君、わかっていないだろ。語源というか、発祥地《はっしょうち》が違うんだ。カフェオレはフランス語だけど、カフェラテはイタリア語。どっちも、ミルク入りコーヒーというような意味だ。それにカフェモカは、ミルクだけじゃなくチョコとかクリームも入るもののことだぞ。ちなみに〝モカ〟という名称は、先の二つと違って、〝ミルク〟の意味じゃない。もちろんフランス語でもイタリア語でもない。アラビア半島の港町から取られているんだ」

「……。そんな細かい問題はどうでもいいんですよ！　コーヒーにチョコが入るだなんて、明らかにグレードが上がってます。その事実以外に大事なポイントなんてありません！」

「やめろ、力説するな。カフェモカが飲みたくなってくる。……今日の帰りに、喫茶店に寄ろうか」

ヴィクトールはもう我慢せず、けらけらと笑っている。

「とにかく！　カブリオレの話は忘れてください。ほら、笑ってないで、このドアに集中してくださいよ」

「そうだね」

楽しそうな顔しちゃって！

杏は羞恥心《しゅうちしん》を抑え込み、ヴィクトールを軽く睨《にら》み付けた。

今日の彼は、ダークグレーのハーフコートに黒のニットベスト、白シャツ、黒パンツという恰好《かっこう》をしている。トラッドなグレーチェックのマフラーもしていたが、それはこちらのセンターへ来る前に、杏の首に移動していた。会った瞬間、ヴィクトールはそのマフラーを自分の首から外して杏に巻き付けてきた。

おかげで小椋からは生ぬるい視線を頂戴《ちょうだい》したし、雪路には「うへえ」と辟易《へきえき》したような顔をされた。星川からはなぜか意味深にサムズアップされた。

ヴィクトール本人は、彼らの反応を全部無視して、「外すなよ」と杏に念押しした。

杏はもう、ヴィクトールはこういう人だと諦《あきら》めている。椅子をとことん愛する一方で、人類のことは鬱々とするほど嫌い。日本人には見えない華《はな》やかな造作の美男子だけれど、ろくに外国語は話せない。そして杏を見たらマフラーを巻き付けずにはいられないという、おかしな人なのだ。

（おまけに、私が履《は》いていたセール品のサンダルを今も憎《にく》んでいるし、思い出したように靴の管理もしたがるし、頭部……頭蓋骨《ずがいこつ》の幅《はば》を測りたがるし！　やることなすこと、わけがわからない）

わからなさすぎて、気がつけば好きになってしまっていた。

杏は、むっとしながらさりげなく自分の恰好も確認した。襟元《えりもと》と袖口《そでぐち》がスモッキングされたトップスに膝丈《ひざたけ》のジャンパースカート、それから黒ブーツ。上にはデニムジャケット。今日の恰好は、ヴィクトールと並ぶと、ちょっと合わないので残念だ。

（……でも、変に大人ぶった恰好をするのは控《ひか》えよう、って決めたし！）

杏は雑念を頭から振り払い、視線をドアに戻した。材質の謎《なぞ》はまだ解けていない。

「オーク材……のような気もしましたけど、違う……？」

ヴィクトールがいまだ笑いの余韻《よいん》を唇に残したまま、「おや」というように眉を上げた。

（その反応、どっち。『おや当たってる』なの。それとも、『おや外れだ』なの？）

杏は迷った末、否定してみた。

「はい、違いますよね、はい……」

ヴィクトールは同意も否定もせず、なぜか気障《きざ》ったらしくぱちりと片目を瞑《つぶ》った。

（……私、遊ばれてる！）

絶対に動揺なんかしてやるものか、と杏は眉間に力を入れて、話を続けた。

「重厚に見えても、ウォルナット材ではないと思うんですよね。木目がまっすぐすぎるっていうか……、ウォルナットなら、もうちょっと巻いた感じになりそうだし、木肌自体もそこまで暗褐色《あんかっしょく》じゃないし……」

ウォルナットも三大銘木のひとつ。胡桃《くるみ》の木のことだ。木肌の色が濃くて特徴的だから、やはりこのドアに使われている木材とは異なる気がする。

「じゃあニレ材？　……パイン材？　チェリー？　……あとなんの種類がありましたっけ？」

「知っている名称を次々と言うなよ。俺の表情を読んで当てようとしてるだろ」

「悪いですか？」

さあここまで頑張った私のためにそろそろ正解を教えてくださいね、という思いをこめて、杏は居直った。

この堂々とした態度がおもしろかったのか、ヴィクトールがまた笑う。

「これはたぶんオーク材だろうね」

「……はあー！　そうですか！」

杏は力強く溜め息を落とした。

(さっきのウィンクは、『オーク材で正解だったんだよ』の意味ってわけね!)

紛《まぎ》らわしい真似をせずに、口で言ってほしい。

「色合い的にも少しニレと似ているんで、間違われることもあるけどね。それにしたって、このドアに使われている板は、ずいぶん古いものだろうな。古木特有の乾き方をしている」

オーク材は、楢《なら》の木、つまりどんぐりの木から取った素材のことだ。

「アンティークレベル? それともヴィンテージレベル?」

「……アンティークレベルかな」

杏の表現に、ヴィクトールが一度下を向いて笑い、やわらかな口調で答える。

アンティークとヴィンテージの違いは、ざっくり言うと、前者が百年以上経過したもので、後者がそれ未満のもののこと。このあたりについては以前に室井から説明を受けている。

「ああ、いいね、これ。蝶番に花の模様が彫られている。シックで、細かな部分に手間をかけているのがわかる」

ヴィクトールはドアを一通り観察すると、外れかけている錆《さ》びた蝶番にも熱い視線を向けた。さらさらと、クリップボードの用紙になにかを書き付ける。

杏が横から覗き込めば、見やすいようにか、クリップボードを少しこちらに傾けてくれた。簡素な買い取り表だ。用紙に品名やその特徴などがざっと記されている。

どうやら正式な査定表ではないみたいだが、なぜ蝶番やこのドアのことまでチェックするのだろう。

「あっちの、ほら、受付に取り付けられているベル。ああいう装飾品は、室井武史が好きなんだよな」

メモし終えたヴィクトールが、ボールペンで受付側を指し示す。

「ベル？　あの、ざらっざらに錆びているやつですか……？　ひょっとして、蝶番とかベルも買い取るんですか？　ドアも？」

「そう」

椅子のみを目的にここへ来たのだろうと疑いもしていなかったため、杏は驚いた。

一階にとどまっているのも、センターを管理している組合の人間が待ち合わせ時間に遅れているからだと思っていた。

「えっでもこの蝶番、曲がっていますし、ベルだってあんなに錆びて――」

「しっ」

と、ヴィクトールが悪い顔を作り、杏に注意した。

「ベルは別交渉になるだろうけれど、蝶番はドアのパーツの一部として買い取りできるかもしれない」

ヴィクトールは、その悪い顔のまま微笑《ほほえ》む。

「こういうのはね、駆け引きが肝心だから」

「駆け引き？」

「俺は苦手だけど。小椋健司がうまく買い叩いて――おっと、適切な価格で交渉《こうしょう》してくれるに違いない。今のうちに、チェックしておかないと」

悪い大人だ！

目を剝《む》く杏に、ヴィクトールは自分の口の前で両手の人差し指をバッテンにした。余計な発言はするなよ、の合図だ。杏もつられて、自分の口の前で指を交差させた。

「初出し屋みたいにな、閉鎖施設に買い取りに来ると、たまに掘り出し物に当たるんだよ。安く買い取れることもあるから美味《おい》しいよな。……ああ、初出し屋っていうのは、市場やオークションなんかで買うんじゃなくて、個人から直接古物を買い取る人類のことだよ」

ヴィクトールがちらりと後方を――館内にいた作業員となにやら話し込んでいる小椋を見る。小椋が一瞬、こちらを向いてにやりとした。先ほどのヴィクトールと同種類の表情だ。

（悪い大人たちがいる……！）

ヴィクトールは視線を杏に戻した。

「センターに来る途中で、教会を見かけただろ？　海沿いの町には、海外文化が流れ込みやすい。ああ、文明というほうが正しいか。技術もだけど、異国のスタイルを反映した器具、生活用品がそのまま持ち込まれる。だから眠れる宝が……おっと。まだ使用に耐え得る古物がここにはある」

「それが、あのベルや、目の前のドア？」

「このセンターを設計した人類は、なかなかの洒落者《しやれもの》だったのかもね。いや、リノベ物件のようだし、できる限り改築予算を抑えるために元からあったもの……アンティーク製品をそのまま活用しただけだろうな。……館内の作りに漂う微妙な不調和を見ると、そっちの可能性のほうが高い」

気分はお宝を目前にした海賊《かいぞく》、という表情をヴィクトールは浮かべている。

色々と本音がだだ漏れだ。

「……さっき買い叩くって言いましたよね。もしかして、これから来る組合の方に、値打ちものもあるって気づかれないよう安く買い取ろうとしてる……？」

今の流れはどう考えても、「どれも処分を待つだけの廃品だと相手は思っているだろうから、きっとこっちの思惑《おもわく》通りに交渉を進められるに違いない」と言っているようにしか聞こえない。

杏は密かにどきどきした。

いいのかな。後ろめたいような、成功してほしいような。

大人の世界って、タダゴトじゃない！

「バレたら、まずくないですか？」

「人聞きの悪い。現代人はすぐに物を捨てるだろ。俺はそれが嘆《なげ》かわしいんだよ」

そう嘯《うそぶ》くヴィクトールの表情は、ちっとも嘆かわしいと思っていないのが丸わかりだ。

(悪い大人に、染まってしまう……)

嫌じゃないけど、やりすぎないでほしい気もして、杏はジレンマに襲われた。

「なにその顔？　俺が地球に優しい男だって知らないのか？」

「知りませんでしたね」

思い切り嘘をつかれた。

「環境問題にもいつだって心を痛めているんだ。少しでも廃棄物《はいきぶつ》を減らそう、という純粋なリサイクル精神で不要品を引き取るだけだよ。ここの人類は、廃棄物の処理に予算を割《さ》かずにすむどころか、いくらか利益を得られる。俺たちも地球を守れる。互いに損はしない」

「私、知っているんですよ。椅子の話以外でヴィクトールさんがやけに饒舌《じょうぜつ》になる時は、本心とは別の思惑が隠されているって……」

「さあ管理室の中も確認しよう。ドアが倒れてこないように気をつけて」

じいっと見つめる杏に朗らかに微笑むと、ヴィクトールは室内に入るよう催促《さいそく》した。

管理室の中は、それなりに雑然とした印象を受ける。といっても、物が溢《あふ》れ返っているわけではない。作業員が持ち込んだらしき機材やブルーシートなどが置かれており、剝《は》がれかけた床には複数のコードが延びている。壁は、すでに一部が解体されていた。

他には、廃棄品と思《おぼ》しきサイドテーブル、長テーブル、ベンチ、パイプ椅子などが壁際に避けられている。廃墟に漂う埃臭《ほこりくさ》さ、その荒れた雑多な雰囲気と重なるようだ。

ヴィクトールは手始めにテーブル類を見て、次に、ベンチに注目した。幅は一二〇センチほどだろうか。バス停の待合室などにありそうな、古い作りのシンプルなベンチだ。二枚の板を取り付けただけの背もたれに、飾り気のない脚。ただし、一本折れている。

壊れかけの状態であっても、ドア同様に重厚感が漂っている……ように杏には思えた。たとえ座面に、黒い汚れがベタッと張り付いていてもだ。

ヴィクトールが喉の奥で唸《うな》った。ときめきを隠せない目でベンチに触れる。

「これは、うん、これは……」

「買い取ります？」

「買うね。買い取ろう」

「ヴィクトールさんって、意外とこういうシンプルな形の椅子が好きですよね。実際に似合うのは『運命』が流れていそうなタイプの椅子なのに」

「君の言いたいことがわかる自分が憎らしいよ。なに？　俺って君の中ではロココとかゴシックなのか？　存在自体が怪奇的で不健全だと遠回しに罵《ののし》っているのか？」

ヴィクトールは振り向くと、いかにも杏の言葉に傷つけられましたという表情を浮かべた。

罵りたかったのではなく、華やかと言いたかったのに、どうしてそこでネガティブな意味だけを拾うのだろう。杏は小さく笑った。

ヴィクトールに言いたいことは伝わっても、受け取られ方が正しくない。

「パイプ椅子はどうです？　これも買い取り？」

「なあ君、やっぱり俺のことを、椅子ならなんにでも飛び付く不健全男だと思っているんだろ。そのパイプ椅子はいらない」

……以前、パイプ椅子の祖だとかいうプリアには、目を輝かせて飛び付いていたくせに。

「それは普通にそこらの店で購入できる椅子だぞ」

不機嫌が続いているヴィクトールは、視線でも杏を威嚇《いかく》した。その後、ちらちらとこちらを警戒しつつも、剝がれかけの壁や床板をじっくり見始める。やがて機嫌が直ってきたのか、穏やかな表情であちこちを見回った。窓の縁《ふち》までも丹念にチェックしている。

杏は頃合いを見て、静かにヴィクトールに近づいた。

「もしかして、この窓枠《まどわく》も引き取るとか……？」

冗談で尋ねたつもりが、「うん」と、うなずかれた。

「壁板や床板の一部も持っていけそうだ。でもあの壁に取り付けられた小さな木棚はいらない。……トラック一台で運ぶのは無理だな、これ」

「トラック」

杏は首を傾《かし》げた。

そういえば今日の移動は、ヴィクトールの車ではない。レンタカーを借りている。小椋だけが工房所有の軽トラックに乗ってこちらのセンターに来た。

「運び出す数が多くなるようなら、組合の人類にそのあたりを相談すると聞いている。どうするか、あとで小椋健司に確認しないと……」

杏は呆気《あっけ》に取られながら、独白調で言うヴィクトールの横顔を見上げた。

壁板や床板まで引き取るとは思わなかった。

「この板も、もしかしてアンティークやヴィンテージなんですか？」

「ああ、いや。そこまで古いものじゃないだろうが、手入れをすれば使えそうだから。うちの工房で使わずとも、これはこれで、そのまま古材として売り出せるし、意外と需要《じゅよう》があるんだよ。でも解体業者のほうで引き取るかもなあ。そこも確認しないとならない」

「はあ……なるほど」

杏は次第に面白《おもしろ》くなってきた。なにをどこまで引き取るのだろう。

「窓の、ステンドグラスは？」

「……あれはどう見ても、新しいガラスだ。いらないなあ。でも、竪琴型《たてごとがた》のアイアンは持っていきたい。あのアイアンは、本当に古いものだと思う」

「あっちの、テーブルは？」

「それは星川仁に譲る。ベンチと材質が同じなら、うちでセット販売してもよかったけど。見るからに違う」

確かに、テーブルのほうははっきりとした飴色だ。

「テーブルの卓上ライトは?」

「いらない。……こら。あれは明らかに現代製のライトだろ。ブルーシートもコードもいらないよ」

先回りされてしまった。

「……ドアの枠は?」

「いる」

それは買うのかあ。

冗談の可能性をスプーン一匙《さじ》分くらい考えて、ヴィクトールが持つクリップボードを覗き込めば、本当にドアの枠もチェックされていた。

「じゃ、他の階も見に行こうか」

管理室の観察を終えると、ヴィクトールはそわそわした様子で言った。

「二階の研修室も気になるが、三階にある祈りの間と図書室が一番見たい」

「祈りの間……って?」

「ここの町はキリスト教徒が多いんだろうな。小さいけれど、祈禱室《きとうしつ》が作られていると聞いた」

「へえ……」

そんな会話をしながら、ヴィクトールとともに杏は管理室を出た。

その時、背後でカタッと小さな音がした。反射的に振り向いたが、当然のこと、管理室の中には誰もいない。

杏は首を傾げ、視線を正面に戻した。そこで、疑念がふっと脳裏をよぎる。

（……あれ？　ベンチって、あんなに真っ黒だったっけ？）

確かに座面には、汚れが付着していたとは思うが――。

確かめようと、もう一度振り返りかけるも、杏はやはりやめておいた。

ヴィクトールに置いていかれそうになったこともあるが、そんな細かい記憶の食い違いなどいちいち気にする必要もないだろう、と思ったからだ。きっと窓から差し込む光でベンチに影が落ちていた、という程度のことに違いない。

（……なんとなくぞわっとするのも気のせい。大丈夫。大丈夫！）

そう信じよう。信じるものは救われる。杏は繰り返し自分に言い聞かせた。

最近、アレ絡み――幽霊絡みの騒動が身辺で頻発《ひんぱつ》していて、その時に感じる不吉なぞわぞわ感と非常に似通っている気がしなくもないけれども、大丈夫。気にしたら負けだ。というより、これ以上なにも気づかずに、無事に過ごしたい。

杏は、胸にぞろりと湧き上がってきた不安を振り切るように、急ぎ足でヴィクトールの横に並んだ。

# 2

杏《あん》は、エレベーター横に貼られている施設案内図のパネルを確認した。

歪《いびつ》なL字型の外観をしているこの文化センターは、一部を除いて木造三階建てだ。L字の短い方の端に出入り口があり、そこのみ六角形のような構造になっている。青銅色の屋根は尖塔のよう……というと大げさだが、頭部が鋭角で、見切れの箇所になんらかの装飾が施《ほどこ》されていたらしき跡がうかがえる。風雨に晒《さら》されて自然と壊れたか、人の手で外されたのかは判別できない。

棟部分は横長の構造で、その上にゆるやかに傾斜した三角屋根を載せている。折れた避雷針の名《な》残《ご》りがうかがえる様子が、なんだか物悲しい。

ヴィクトールが期待していた祈禱室は、六角形のスペースの三階に設けられている。この六角形部分の棟のみ四階まで作られているが、最上階は天井が低く、資材置き場としてしか使われていなかったという。

「三階には祈禱室《きとうしつ》以外に、資料室と図書室があるみたいですね。あ、二階には託児《たくじ》ルームもあったんだ」

杏は感心しながらパネルを眺めた。閉鎖が決まる前には様々な教室を開催していたであろう研修室も、二階に集中していた。

エレベーターは停止中のため、杏たちはその隣に作られている非常階段を利用して三階へ移動した。

そして期待たっぷりに祈禱室を覗き込んだわけだが——残念ながらそこには、めぼしいものは残っていなかった。

「……なにもないな」

ヴィクトールは、落胆《らくたん》を隠し切れない口調でつぶやいた。

その言葉の通り、祈禱室の内部には、椅子ひとつ転がっていない。作業員が持ち込んだシートや清掃器具などが片隅に放置されているのみだ。それに真壁《しんかべ》の一階とは違って、この部屋の四方は褪《あ》せたクリーム色のクロスで覆われている。天井近くには、もしかしたら十字架でも飾っていたのだろうか、なにかを引き剝がしたような痕跡《こんせき》が見受けられた。

「他の部屋も見てみましょうか」

杏は気を遣ってそう提案した。

「……君がそう望むのなら。だがそこでもなにもなかったら、俺はきっと憂鬱《ゆううつ》に押し潰されて動けなくなるけど、いい？」

慣れているので、かまいませんが。

あからさまに気分が盛り下がっているヴィクトールの背中を押して、杏は通路へ戻り、図書室へ向かう。

結果として、この図書室が大当たりだった。

意外と広さのあるスペースだったが、本棚の作りからして、蔵書数は一万冊以下だろうと思われる。売却《ばいきゃく》予定なのか、それともこのまま廃棄するのか、半数近くの棚がいまだ書物で埋まっている。児童向けの絵本やコミックなどもあった。その一方で、郷土資料のような分厚いファイルも置かれていた。

本棚を取り囲む四辺の壁は、下部が木のパネル、上部がグレージュカラーのビニールクロスで覆われている。

部屋のちょうど半分が閲覧《えつらん》スペースに割り当てられており、シンプルな長テーブルと、揃《そろ》いのチェアが置かれていた。どちらも木製だ。

あくまでもちょっと読書する程度の使用を想定しているのだろう。テーブルは低めで、長時間の学習などには適していないように見える。

「……チャーチチェアだ」

ヴィクトールが熱のこもった声を発し、閲覧スペースに歩み寄った。

手に持っていたクリップボードを長テーブルに置くと、手近な椅子を自らのほうに引いて、それを矯《た》めつ眇《すが》めつ眺め始める。

「チャーチチェアって？」

杏が背後に歩み寄って尋ねると、椅子の前に跪《ひざまず》いて観察を続けていたヴィクトールは振り向きもせずに答えた。

「その名称の通り、礼拝堂で使われている椅子のことだよ。チャペルチェアとも呼ぶ」

確かに、まんまだ。

杏も、ヴィクトールに倣《なら》ってチャーチチェアをじっくりと眺めた。

作り自体は、どちらかと言えば朴訥《ぼくとつ》な印象だ。四本脚で、その下部に貫が二本渡っている。背もたれ付きだが、肘置きはない。武骨という表現も当てはまりそうな硬さを感じる。頑丈そう、と評してもいいか。その原因は、各パーツにほとんど曲線が見られないせいだ。脚も貫も、角棒のような雰囲気で、丸みがない。ただし座面に関しては、わずかなカーブが見られる。

（不思議と野暮ったさは感じないんだよね）

杏は感嘆した。

過不足なく作られているというか。そこに、一種の美しさを感じる。

カラーは、一階のドア同様にくすんでいるが、それよりも若干《じゃっかん》濃さのあるブラウンだ。

一般的なブラウンよりは薄く、アンティーク特有の古さが漂っている。塗料もほとんどが剝《はく》落《らく》した状態で、ややがさしているだろうか。傷も多い。

装飾は、背もたれの中央に十字架の彫りが見られる程度だが、なるほど、いかにも「教会の椅子」だ。十字架マークなんて、これ以上わかりやすいしるしもないだろう。

「ああ、いいね、これ。そこまで状態も悪くない」

ヴィクトールがうっとりとして、つぶやいた。

杏には、修理が大変そうに思えるのだが、そうでもないのか。

貫がないものや、座面がひび割れているものもあるのに。

「クロスバックのタイプがこれだけ揃っているのも、珍しい。クロスのないタイプなら、それなりにまとまった数を手に入れられる機会もあるんだけど」

「クロスバック……この背もたれの十字架のことですか？」

「そう。聖書を収納できるようなボックスや膝置きなんかがセットになったタイプもあるが、これにはないみたいだな。取り外した形跡も……ないか」

ヴィクトールは両手で座面を摑んで軽く持ち上げ、裏面を確かめた。と思ったら、自分のパンツのポケットに手を入れ、そこからペンライトを取り出す。用意がいい。

部屋の上部の壁を切り取って設けられた窓は小さいが、天井の照明は生きている。決して室内は暗いわけではない。だが、やはり陽光と蛍光灯の明るさは比べられない。

ヴィクトールは椅子の接合部分や、脚の先端をライトで照らした。

「パーツも同一に見える」

「どういうことですか？　……あ、種類の異なる木材を複数使っているんじゃなくて、統一されている？」

問う途中で思いつき、確認すれば、ヴィクトールはにこりとした。

「それも合ってる。あとは、修理の過程で、別種のパーツを用いる場合もあるよ。劣化が原因の取り替えなら、仕方のない話だな」

「骨接《つ》ぎ……いえ、茶碗の金継ぎ、みたいな……」

杏が重々しくうなずくと、ヴィクトールは、ふっと笑いの息をこぼした。

「彫りも綺麗だ。どの面や角も手作業で平らにされているのは間違いない。ホゾは修理の痕跡があるか……これは少し雑な修理だ。比較的新しい補修だろうが、がたついてきてる」

ヴィクトールは細かにチェックしながら、杏に説明を続けた。

「オークではなさそうだ。この硬さはエルムだと思うけど……」

「エルム？」

杏が小声で尋ねると、木目を眺めていたヴィクトールがちらっと振り向いた。

「楡《にれ》のことを、エルムとも言うんだよ。……椅子の入手経路を、あとでここの人類たちに聞いておきたいな」

その独白に引っかかり、杏は視線を椅子とヴィクトールに往復させた。

「材質の鑑定は、お店でやらないんですか？　ほら、骨董品《こっとうひん》みたいに、なにか鑑定グッズとか使って」

杏の質問に、ヴィクトールが椅子から手を離して小さく笑った。指に挟《はさ》んでいたペンライトの明かりを消す。

「年代や材質を正式に調べないのかって意味かな。まあ、しないね。そこまで本格的に真実を追うなら、科学測定の必要が出るから、研究所に頼まなきゃいけなくなる。展示用の美術品としてか、あくまでも『商品』として見るか、という悩みも生じるな」

ヴィクトールは、かすかに困ったような微笑を見せた。

杏はぼんやりと、コスト面だけじゃなくて商品の回転率とかの問題にも関わってくるのかなあと適当な考えを抱《いだ》いた。どこかで「売り物」だと割り切らなきゃいけないとか。

「自分たちで木肌の状態を見て、確認はするよ。こういう木製の家具もだが、ジュエリーなんかのアンティークの鑑定、年代の見極めは本当に難しい。ホールマーク、つまり刻印が残っていれば、製造年の判別もたやすいんだけれど、そういう確かな品は現在、少ない。ないもののほうが多く出回っている。アンティーク市場は年々縮小されているし、それに、プロでも鑑定結果を誤ることはままある。付属されていた鑑定書自体が、そもそも間違っていることだってある」

「おお」と、杏は思わず感嘆の声を漏らした。が、ヴィクトールには、「わかってないで感心しているな」という顔をされた。

杏は追及される前に目を逸《そ》らし、椅子の前に屈《かが》み込んだ。

「あれ。この椅子って、なんで座面の後方に釘《くぎ》みたいな部品が打ち込まれているんですか？」

錆《さ》びたリング型の小さなフックが埋め込まれているが、ひょっとしてなにかをひっかける用途の部品だろうか。

でもそうした目的あってのものなら、せめて背もたれの上部あたりに取り付けないと、高さが足りず、使いにくいように感じられる。床から座面まではせいぜい四十センチほどだ。

「このフックは、たぶん椅子の並べる位置を揃えるための、しるしだろうね」

「へえ……？」と、納得したあとで、杏は他のもやもやに襲われ、忙《せわ》しなく瞬《まばた》きをした。

「あの、さっきチャーチチェアって言いましたが、それって、本物の教会ですか？」

杏の質問の意味がよくわからなかったのか、お菓子をもらった子どものような視線を椅子に注いでいたヴィクトールが再び振り向いた。

「本物とは？」

どう言えばいいのだろう、と杏は少し口ごもった。違和感とはまた異なる、この微妙なもやつきを。

「……本物の教会で使われていた椅子なんでしょうか？」

「偽物《にせもの》の教会なんてあるのか？」

不思議そうに聞き返されてしまったが、そういうことじゃない。

杏はうまく説明できない自分に、もどかしさを抱いた。

ヴィクトールがわずかにこちら側に身体の位置を変え、考え込むように眉根を寄せる。

「ひょっとしてプロテスタント教会かカトリック教会か、というところで引っかかっているのか？　いや君、そこは難しい問題で、どちらが正しいかどうかじゃなく、東方と西方に分裂し、それぞれに発展していったというほうが」

「違います、そんな意味で言ったんじゃないです！」

話が壮大になりそうな予感を抱いて、杏は慌てて両手を振った。

「教会で使われていたような椅子を真似たものとかじゃなくて、本当にそこに置かれていたものなんですか？　ええと、教会の椅子が、なんていうんでしょう……、流出？　市場に出回ることなんて、現実にあるんですか？」

「フェイクか、リプロダクション……本物を真似して製作された椅子かどうか、という点が気になっているのか？　これは単純に、わかりやすい復刻品として、現代でアンティーク調に作られたものにすぎないんじゃないか、ってことかな？」

「はい、そうです」

杏はうなずいた。が、知りたいこととは微妙にずれているような気もする。そんな思いが表に滲《にじ》んでしまったのか、ヴィクトールはさらに言葉を費やした。

「たぶん杏は、『教会』と聞いて、そんな厳《おごそ》かな場所で使用されていた家具まで果たして市場に出回るのか……と疑ったのかな。だから、ここにある椅子が本物のわけがない、という思いが芽生えたと」

「それです、それです」

先ほどよりも杏は大きくうなずいた。

ヴィクトールも、やっと飲み込んだ、という顔つきになった。だがすぐに、意地悪な笑い方をする。

「そりゃ君、仏像や遺物すら容赦《ようしゃ》なくオークションにかけられたりするんだから、教会の椅子だって当然売りに出されるよ」

「……売られるんですか」

杏は軽く引いた。神聖であろうものまでお金で売買するの、という信じがたい気持ちが生まれる。

「前にうちの店でも、レクターンを売っただろ。覚えてない？」

「あれ、レプリカじゃなくて本物だったんですか……」

「本物だよ」

ヴィクトールは飄然《ひょうぜん》と肯定した。

「閉鎖される時なんかにね、ばーっと出回るんだ」

「閉鎖するんですか！　教会が！」

そんな、商店の閉店セールみたいに。

（世知辛《せち》い、というか本当の話なの？）

まだ納得し切れず、ヴィクトールを見やれば、彼は軽く顎を上げて小馬鹿にした表情を作った。

「その地区から人類が減れば、教会だってやっていけないだろ。信徒が減るんだし」

「身も蓋《ふた》もない！」

杏がおののくと、ヴィクトールは呆《あき》れたような目をし、椅子の座面を指先で叩いた。

「そんなに驚くことか？　空気や水だって販売される時代じゃないか。世界に存在するものなら、なんだって売れるよ。そこらに落ちている石だって、売ろうと思えば売れる」

「私は買いません」

「どうかな。輝く石に『ダイヤモンド』という名称を与えて高値をつけたのも、人類だ。価値のすべては人類が勝手に決めている。そして価値観は簡単に変わる」

「えー！」

なにか反論したい！

「たとえば……」

と、ヴィクトールが立ち上がり、魅惑的なよそいきの微笑を顔に張り付けて、片手を自身の胸に置いた。なにかが始まったぞ、と杏は内心警戒しつつも、ヴィクトールの上品な仕草に目を奪われた。

「……『ご覧ください、こちらは「本物」のイギリスの教会で実際に使われていた品です。およそ百年も人々の祈りを受けとめてきた神聖な椅子ですので、とても厳かな気分になれますよ。ご自宅のダイニングチェアとしていかがですか。数も揃っていますし、他のアンティークチェアと比べても、作りは頑丈です。カフェでの使用も素敵ではないでしょうか』……とかそれっぽく言われたら、歴史なんかよくわからなくたって惹《ひ》かれるだろ？　脳裏に浮かぶのは、異国の豪華な礼拝堂にステンドグラスにロマンチックなキャンドル、パイプオルガンの荘厳《そうごん》な調べ、といったあたりか？」

……思わず同意しそうになった自分が腹立たしい！

杏は、ぐうっと唇を嚙みしめた。

「わかりました、わかりましたよ。本物のチャーチチェアって認めてあげます！」

なんか悔しいけど！

「とはいえ実際、フェイクの可能性もあるにはあるけどな。センターの人類の話を聞いてみないと」

「これほど私を惑《まど》わせておいて、今更フェイクとか、許されざる悪ですよ」

怒る杏の様子が面白かったのか、ヴィクトールは頬を歪めた。

「でも『本物』だろうとは思う」

「どっちなんですか、もう！」

「だから、正確な判定は難しいんだって」

曖昧《あいまい》すぎる！

杏も立ち上がり、仁王立ちしてヴィクトールを見上げた。

彼は余裕を崩さず、杏を見下ろしている。……ますます悔しい。

「まあ、俺の目に間違いはない。杏は疑わずに信じておけばいいよ。俺の言葉は君の真実だ」

ヴィクトールは再びのよそいきの微笑を浮かべ、自信たっぷりに言った。

「信じますけども！」

それとこれとはまた話が違うんだよなあ、と杏は心の中でぶつくさとつぶやいた。

すぐに反応がこないことに気づき、杏は視線を上げた。ヴィクトールはなぜか驚いたような表情を浮かべている。

「……なに君、そんな素直に俺を信じるなよ」

杏はいぶかしんだ。信じろと言ったそばから、なんなのか。

「今の、冗談のつもりだったんだけど」

「疑いませんよ。実際ヴィクトールさんの言うこと、いつも正しいし」

「いや、ちょっと」

「ちょっとってなんですか」

後ずさりされたので、杏はついそのぶん、詰め寄った。

「あのな、俺も間違うことくらいあるんだぞ」

それはそうだろう。

「意味を、わかっていないないな」

「ちゃんとわかってます！　でもヴィクトールさんが仮にこの先なにか間違ったとしても、私がヴィクトールさんのことを信じるか信じないかって話とは、関係ありませんよ」

「あるだろうが」

「ないですよ！　そこは別の問題です」

「いや、だから……君、待ってくれ」

ヴィクトールが動揺している。よく見ると、目尻がふわりと赤くなっていた。杏は、この人の恥じらうポイントがわからないなあ、と普通に思った。

「ヴィクトールさんを信じたら悪いんですか？」

杏はむっとし、唇の端を曲げた。

（そうは言ってもヴィクトールさん、実際に私が疑ったり否定したりしたら、傷ついて憂鬱になるタイプでしょ）

人の感情に敏感だから、不信感を抱かれたと気づいた瞬間、坂道を転がるような勢いで死にたがるくせに。

そう密かに呆れていると、その思いがどうやら正確にヴィクトールに伝わってしまったらしい。

なにか難しく考えて苦悩していたヴィクトールが、先ほどの杏のようにぐっと唇を噛みしめた。長テーブルからクリップボードを取って、それをこちらの顔にぐいぐいと押し付けてくる。

「痛っ、なんの嫌がらせですか！」

子どもだろうか、この人は！

「…………」

「無言の押し付け、やめてくれません⁉」

本当にわけのわからない人だ。

杏は、乱暴に顔に押し付けられるクリップボードを奪った。

「じゃあなになら押し付けていいんだよ」

ヴィクトールが不機嫌そうに尋ねる。

「なにも押し付けないでくださいよ！」

人の顔になにをするつもりなのか。鼻が潰れたら責任を取ってほしい。

「……君さあ、ここでもっと、気のきいた言葉が言えないの？」

腹を立てているのはこちらのほうなのに、ヴィクトールは憐《あわ》れむような視線を向けてくる。

「嫌がらせにそんなクオリティ求めますか？」

杏は、心底むかっとした。ヴィクトールも負けじと挑戦的な視線を寄越す。

「俺を弄《もてあそ》んだ代償《だいしょう》だろ」

「いっ⁉」

杏が目をつり上げると、ヴィクトールは憎らしいことにせせら笑った。

だが、なにかを言い返す前に、ヴィクトールはその表情のまま顔を近づけてきて、杏の顎を片手で摑んだ。まるで犬にでもするように、器用に指先で顎の下を掻《か》いてくる。健全な関係にある自分たちの間には相応《ふさわ》しくない、妙に悩ましげな仕草に思えた。

それ以上にヴィクトールの視線の動きが雄弁だった。自分の指から杏の口元へ、ゆっくりと視線を動かす。そして色っぽく瞬きをする。

経験なんてなくてもわかる、キスをする前の仕草だった。

杏は一瞬息をとめた。燃えるように頰が熱くなる。

心に、炎を投げ込まれたかのようだった。

飛び退《の》く前に、ヴィクトールが悪戯《いたずら》に成功したような意地の悪い笑みを見せて、ぱっと指を離した。その表情が明らかというほどに、ざまみろ、と語っていた。仕返しだと。

「ヴィクトールさん‼」

杏が羞恥や怒りを抑え切れずに叫んだ時、図書室のドアがノックされた。返事をする間もなくドアが開かれ、小椋《おぐら》が顔を出す。

「おい、なにを騒いでいるんだ？　……組合の人が来たぞ」

杏たちの様子に首を捻《ひね》ったあと、小椋は「来い」というように、手招きをした。

ヴィクトールは平然たる態度でドアのほうへ歩き出す。

杏はもう白昼夢でも見たような気分で、唖然《あぜん》と立ち尽くした。

「……なんでぼんやり突っ立っている？　来ないのか？」

ヴィクトールがドアを出る手前で振り向き、杏を呼ぶ。何事もなかったような表情を浮かべているが、目はまだ「ざまみろ」と笑っていた。

杏が愕然《がくぜん》と見つめ返すと、彼はさっさと小椋を追って図書室を出ていった。

置き去りにされた杏は、しばらくの間、一人で激しくクリップボードを上下に振り、嵐のような感情に耐えた。

がたつくチャーチチェアにいったん腰掛け、三回くらい深呼吸をしてから、慌ただしく立ち上がる。そして図書室を飛び出した。

どう考えても、いいように弄ばれているのは自分のほうだった。

# 3

「このセンターを取り壊したあとは、『宇里川町《うりがわちょう》ふふどり館』っていう母子生活支援施設を新たに作る予定なんですよ」

そうはきはきと言って笑みを見せたのは、遅れてやってきた湯沢草平《ゆざわそうへい》という四十半《なか》ばの男性だ。

ヴィクトールと同程度の身長の持ち主で、日頃から運動を欠かさないのか、厚地のジャケットを羽織っていても引きしまった体つきをしているのが見て取れる。髪は短めで、太く水平な眉《まゆ》の下の目は、つり上がり気味の二重《ふたえ》だ。鼻は大きく、唇も分厚い。太字のペンで描き上げたかのような濃いめの造作や堂々とした態度から、剛胆《ごうたん》な性格を思わせる。

その湯沢は、約束の時間に遅れたことを謝罪して簡単な挨拶《あいさつ》をすませると、快活な口調で雑談を始めた。

というより、握手後に、先に雑談を持ちかけたのは、小椋《おぐら》のほうだ。

「改装じゃなくて完全に解体か。自然豊かないい場所にあるし、建物自体も今すぐどうこうなるっていうほど老朽化《ろうきゅうか》しているようには見えねえが、残念な話だねえ」

と、愛想良く話を差し向ける。

普段の小椋は、気心の知れた仲間相手なら気安く接してくれるが、初対面の人間にこうまで友好的に話しかけたりはしない。それでも自ら会話を望んだということは……ひょっとして、交渉の手始めに相手の内情を探ろうとしているのではないだろうか。

(買い取り予定のチェアを、少しでも安価で手に入れるために仲良くなっておこう、みたいな感じか……)

杏《あん》は、神妙な顔でヴィクトールたちの背後に控《ひか》える雪路《ゆきじ》の横に、自分もしれっとして並びながらそんな疑いを密《ひそ》かに抱《いだ》いた。

「いやあ、正直な話、なにを建てるにしたってね、立地条件がお世辞にもいいとは言えない場所でしょう、ここ」

湯沢が頭を掻《か》きながら言う。

「そうかねえ。これだけ周囲に緑があるんだからさあ、俺なんかは、散歩がてら足を運ぶのに適してんじゃないかと思うがなあ」

小椋が親しげに返事をする。それに、湯沢は破顔し、軽く手を振った。

「いや、いや、小椋さん。本当に緑しかない町なんですよ」

「緑すらねえ町もあるだろ。自然資源が豊かなら、それだけでなんらかの仕事が生まれるってもんだ。まずは林業だよな。そっから土木事業以外のビジネスも見えてくるんじゃねえか？

そりゃ、口で言うほど簡単じゃないだろうけどよ」

町の在《あ》り方に肯定的《こうていてき》な反応を示した小椋を見つめて、「やあ、まあねえ」と、湯沢がにこにこする。彼とともにやってきた久保田駿《くぼたしゅん》という男性も笑みを見せ、同意した。

「これでも昔はね、地場《じば》産業のひとつとしてそれなりに染色業も盛《さか》んだったんですよ」

「ほう、繊維《せんい》関係は北陸《ほくりく》地方、あとは大阪《おおさか》あたりが有名なイメージだったが、違ったか？」

「繊維の種類によって産地も違ってきますよ。こっちだって負けちゃいません」

久保田が胸を張る。

「歴史のある染物屋が、こんな小さな町に何軒《けん》も並んでいたんです。近隣の魚市場で風にはためく幟《のぼり》の、一番鮮やかなものって言ったら、間違いなく僕らの町の職人が手がけたやつでしたよ」

そこで久保田は、湯沢と視線を交わし、また笑みを作った。

彼は、五十代後半だろうか。背丈《せたけ》は百七十ほどで、痩《や》せてはいるが骨太な印象がある。小振りな鼻と、平らに切れ込みを入れたような薄い口、切れ長の瞳といったそれぞれの要素が合わさった結果、生真面目《きまじめ》な教師めいた雰囲気を醸《かも》し出している。

細いフレームの眼鏡《めがね》をかけていることや、スーツ着用といったところも、四角四面なイメージを相手に与える要因になっているかもしれない。

だが、その堅苦《かたくる》しい見た目に反して口調はやわらかく、フレンドリーな感じがする。

「ああ、ここ、川も多いもんなあ。水のある地域は、織物業も栄えるよな」

感じ入ったように深く息を吐き、小椋が腕を組む。そのなにげない動作で、二の腕の逞《たくま》しさが明らかになる。

着込んでいるネイビーのセーターが身体にフィットしたタイプのものなので、なおさら筋肉の盛り上がりがわかりやすい。

「遡《さかのぼ》れば百年近い歴史を持つ店もありました。ここらの若い人たちが望む就職先と言えば、地元の染物屋や仕立屋なんかの小売店もだが、紡績《ぼうせき》工場が主《おも》だったんですよ」

「あー…、そういや俺の親戚《しんせき》も昔、工場に勤めてたな。っても、ここらに住んでいたわけじゃねえが」

「国全体が紡績業に力を注いでいた時代でしょう。僕らの町もそうです。こっちは亜麻《あま》でね。繊維産業が活発だった頃の名残《なご》りが、数十年前にはまだあったんですが。その恩恵も今はなあ、古布みたいに薄くなってしまった」

話を続けながら、久保田も杏と同じような考えを抱いたのか、ちらちらと何度も小椋の二の腕を盗み見する。羨《うらや》ましそうだ。

小椋たちが会話する間も神妙な顔を維持《いじ》していた隣の雪路が、ボアジャケットに包まれている自分の腕をさりげなく触る。……どうやら雪路も羨ましいらしい。

そのさらに隣の、やはりおとなしく話を聞いている星川《ほしかわ》までが、そっと自分の腕をさすっていた。

（そこ、意外と皆気にするんだ？　同性目線でも、逞しい体つきの小椋さんは恰好よく映《うつ》るのかな）

そんな想像をし、つい熱心に皆の腕を見すぎてしまったらしい。星川に気づかれた。

杏と目が合うと、星川はなにを思いついたのか、両手の人差し指で小さくヴィクトールを指し示す。次に勝ち誇《ほこ》った顔を作り、親指をぐいっと力強い仕草で自分に向けた。

（……もしかして星川さん、「俺はヴィクトールよりも筋肉あるから！」って主張してる？）

仕草の意味を察して、杏はバッと俯《うつむ》いた。

この場面で笑わそうとしないでほしい。

杏が頬の裏側を噛んでこらえていると、こちらの密かなやりとりを眺めていたらしき雪路までもが、なぜか参戦してきた。話し合い中の小椋たちに気づかれないよう注意しつつ、ヴィクトールをちょいっと指差して、次に自分の顔に向ける。いわゆるキメ顔を作ってだ。

（これはきっと、「俺のほうがヴィクトールよりもイケメンだから！」っていう顔だ）

この人たちは、小椋の話もまともに聞かずに、なにを張り合っているのだろうか。

杏もなにかやりたくなってきた。どうしようか……、そういえば、デニムジャケットのポケットにあれがあったはず。そうピコンと思い出して、ポケットに突っ込んだ指先でそれを引っ摑み、雪路の手にすばやく握らせる。

雪路が不思議そうに、杏から強引に握らされた手の中のものを確認した。きらきらした銀紙に包まれているフィンガーチョコ二本を。

雪路も、隣からさりげなくこちらの動きをうかがっていた星川も、「このタイミングでなぜフィンガーチョコが登場すんだよ」という顔を一瞬見せたあと、ぐっと下唇を嚙みしめて勢いよく下を向いた。

（私は知ってる。静かにしていなきゃいけない時って、いきなりわけのわからないものを目の前に出されると笑わずにはいられないんだよね……）

杏たちの様子に妙な気配を感じ取ったのか、手前にいたヴィクトールがいぶかしげにこちらを振り向いた。杏は素知《そし》らぬ顔を貫いた。

「――なるほどねえ、こっちに来る途中、そういや川沿いに段丘《だんきゅう》があったな。染め物もいいが、ここの地形なら田畑だって作りやすいだろう。やっぱりいいところだろうよ」

笑いをこらえている雪路と星川を無視して、まだ続いている小椋の会話の中身に杏は意識を戻す。

杏たちが馬鹿な真似をしている間、小椋はひたすら湯沢たちの町を褒《ほ》め称《たた》えていたようだ。

「うちの町の美点を見てもらえるのは嬉しいんですがね」

真っ正面からこうも称賛されてまんざらでもないのだろう、久保田がはにかむ。

湯沢も彼と同じ表情を浮かべていたが、それはすぐに困ったような微笑に変わった。

「ですが、歴史あるその染物屋も、今はもうね、町に一軒しか残っていないんですよ」

「おや……それは」

小椋がちょっとしんみりする。

「このセンターだって、はじめの頃はカルチャースクールを開いたり、落語家や演奏家を招いてイベントを開いたりと、これでも人を集めるための工夫はしてきたんです。この数年はもう、なにをしてもセンターからは人離れが進むばかりで。そもそも町の人口が減少しているんで、仕方ないっちゃ仕方ない話なんですが」

湯沢のぼやきに久保田がうなずき、片手で眼鏡の位置を直す。

「場所柄《がら》、観光客の誘致も難しいね。地元の人間でさえ腰が重いんだから」

「地元だからこそ、いつでも行けるという気持ちになって、腰が重くなるっつう面もあるわな」

取りなすように小椋が言うも、久保田は神経質そうに顎《あご》の下を撫《な》でた。

「だとしても、やはり交通の不便さがネックなんだよなあ。いっそのことと、宅地造成を企図《きと》しても、それだってあっという間にゴーストタウン化する未来しか見えない。建築会社は開発に乗り気なんだけども」

ほとんど独白調になりながら、久保田は嘆息する。

「僕なんかは、もう思い切ってプレハブ群でも建ててね、それを倉庫として貸し出したほうがいいんじゃないかと思っていたんですが」

湯沢が空気を変えようとしてか、明るく言う。その彼を、久保田が下からうかがうように、意味深に見やった。

「土地を活用するってんならそれもひとつの方法だと思うが、ひょっとして反対が多かったのか？」

小椋が興味深げに話の先を促《うなが》す。

杏は真面目な表情を維持しながらも、大人って無駄に話が長いんだよね、と内心失礼なことを思った。今役に立つわけでもない事柄をなぜ延々と話し合うのか。

いや、大人の全員がそうだとは言えないか。立派に「大人」の一員であるはずのヴィクトールなんか、もう話し合いに飽《あ》きたらしく、さりげなく小椋たちの輪から離れて杏たちのほうに下がってきている。星川も、最初から会話に参加する気ゼロだったし。

フィンガーチョコを星川と一本ずつ分け合った雪路のほうは、それを今食べるかどうか、真剣な顔で悩んでいる。……大人がどうこうではなく、この人たちが自由すぎるだけかも。

「米倉《よねくら》さん……組合の仲間が、せっかくなら廃墟《はいきょ》のまま放置するんじゃなくて、人の助けになる施設を新たに作ろうってね。ああ、彼ももう少ししたらこっちへ挨拶にくると思いますよ」

「なんだい、その米倉さんって人の発言権が、あんた方の中で一番強いのか？」

受け取りようによっては失礼になる問いを、小椋が飄々《ひょうひょう》と口にする。

内心どう感じたのかは不明だが、湯沢はとくに気にした素振《そぶ》りも見せず、淡々と答えた。

「いえ、もちろん組合の皆で議決した結果なんですがね。でもまあ、米倉さんは、組合の発起人《ほっきにん》ですし」

杏は、よくわからないなりに、皆のまとめ役の人だから偉《えら》いって感じなのかな、と納得した。

脳裏に、葉巻を指に挟《はさ》む恰幅《かっぷく》のいい紳士の姿が浮かぶ。

「そっちで、ほら、廃材の撤去《てっきょ》作業をしているのが米倉さんの息子さんの、英治《えいじ》君ですよ」

湯沢の張りのある声が届いたのか、今杏たちが話し込んでいるロビーの端で大型のダストカートに木材を放り込んでいた作業員の一人が振り向き、小さく頭を下げた。ヘルメットの下の顔は、三十に手が届くかどうかというあたりの年齢に見えた。

「英治君は、米倉さんと同じ道に進まず、地元の工務店に入ったんです。米倉さんは児童福祉サービスの会社をやってるんですが。……英治君のところの『もず工務店』と、僕のところの建築会社とで、今は見ての通り協力してここの解体にあたってます」

湯沢の説明に、ほおん、と小椋が感嘆のような唸《うな》りを聞かせた。

杏も、表には出さなかったが、ほほぉ、と胸中で似たような感嘆の声を上げた。

(ロビーでの短い話し合いで、なかなか複雑な人間関係があるってわかってしまった)

先ほど久保田が意味深に湯沢を見たのは、彼が建築会社の人間だったからだ。

プレハブ群の建築にしても宅地造成の工事を進めるにしても、湯沢にとっては利益につながるうまい話に変わりはないというわけだ。そのあたりの事情を知る久保田は、おそらく内心で羨ましがっているのだろう。

それに、話題に上がっていた組合とやらの発起人の息子である英治が、就職の際にその父親と知己《ちき》の湯沢を頼らず、別の工務店を選択したというのも興味深い。ただ、こうして英治の勤める工務店に解体工事の仕事が与えられているあたり、父親と彼の関係については悪くなさそうな印象を受ける。

「僕と、こっちの久保田さんと、あとは他の事業仲間とで、十年前に『緑の宇里川町復興協同組合』を結成しました。これも、人の流出をとめて、地元への就職を促す一環としてね。仕事の斡旋《あっせん》みたいなものといえばわかりやすいですかね。通常の職業紹介サービスよりも、もっと密接に個と向き合う感じです。もちろん、他にも町の再生に貢献《こうけん》するような色々な活動をしてますよ。誰もが主役で、支え合う。そういう町民の心に沿った組合を目指しています」

「よく考えているんだねえ」

「まあ、自分たちの町の問題ですんでね。大層なことじゃないです。今回の母子生活支援施設の設立も、組合が率先して取り組んでいる町の復興事業のひとつですね」

湯沢が口では謙遜《けんそん》しながらも、胸を張る。

しかし内心では彼は、母子生活支援施設を作りたい、という組合発起人の米倉の案に賛同してはいないのだろう。とはいえ、そこは狭《せま》い町での人間関係が絡むせいか、はっきりと反対の立場を取るのも難しいようだ。先ほどの話を聞く限りでは、そんな気がする。

「だが、そうも交通の便が悪いなら、福祉系の施設を作るってのも、どうなんだ？　利用しにくいんじゃねえか？」

小椋がもっともな質問をする。

「逆にね、交通の便が悪いほうが、様々な事情で逃げてきた母子の助けになるんじゃないかって考えたんですよ」

久保田が横目で湯沢を見ながら、やや高い声で反論した。彼を牽制《けんせい》しているようにも思えた。

「というと？」

「たとえば夫からのＤＶで逃げてきた母子とかももちろんですが、相手に居場所が掴まれないよう、地形的に把握《はあく》しにくいところにある施設のほうがいい。交通面での不便さが、この場合は利点に変わるってね」

「なるほどなあ」

「行きやすい場所にいると知られたら、気まぐれにひょいっと来てしまうかもしれない。だが、たとえ所在地を掴まれても施設が行き来に苦労する場所にあれば、相手も面倒だという心理が先に立って、追う気を失《な》くしてくれるかもしれない。人口の少ない町で、住民の結束が固く見えるといったところも、多少は抑止力《よくしりょく》になるかもしれない。……まあ、どれも楽観的な考えと言われたら否定できませんが、意外とこうした小さな面倒臭《くさ》さが重なることは、馬鹿にできないでしょう」

久保田がにこりとする。

「施設を頼る母子のほうも、心身ともに休養が必要です。心が前向きになるまでは落ち着ける環境のほうが……、人目を避けたいという気持ちも抱《かか》えていると思うのでね、静かな環境のほうが安らげるだろうと」

「ははあ」

小椋が再び深く息を吐く。

「ですんで、発案者は米倉さんですが、僕らも決議には納得しています。色んな理由で生活が困難な人たちのために、しばらくの隠れ家《が》となるような、安全な場所を作ろう、自立できるよう生活を支えて送り出そう、と皆で決めたんですよ」

満足げに話し終えた久保田の横では、湯沢が笑みを見せながらもどこか複雑そうな雰囲気を漂《ただよ》わせている。

（言いたいことはあるけど、揉《も》めたくないって顔だ）

立派な話のように杏には思えたが、組合の内部は、どうやら一枚岩とはいかないらしい。利得を追いたい湯沢とは逆に、久保田は米倉支持派か。でも純粋な支援を目指しているとは言いがたいような。いや、それで救われる人がいるなら、偽善から生まれる善もまたよし？

杏は小さな町が抱える闇《やみ》を勝手に感じ取り、妄想を膨《ふく》らませて密かにうんうんとうなずいた。

雪路も同じような妄想を抱いたのか、なにやら一人感心している。

……その横の星川はというと、皆の視線が久保田に集中している間に、フィンガーチョコをささっと口に放り込み、何食わぬ顔をしていた。丸めた銀紙をヴィクトールにぶつけようともしていたが、小さすぎて彼のところまで届かない。

杏はその場面を目撃してしまい、また笑いをこらえた。ブーツの紐《ひも》を直す振りをしながら、足元に転がってきたいびつに丸い小さな銀紙を拾っておく。

「……うちの町は、なんでか自殺者も多いですからね。そういうイメージを払拭《ふっしょく》したいっていうのもありますね」

得意げな久保田の様子がもしかしたら癇《かん》に障《さわ》ったのか、まとまりかけた場に、湯沢が突然水をさすような発言をした。

杏はその言葉の不穏さに、ぎょっとした。小さく丸められている銀紙をポケットに押し込みながら、湯沢を見やる。

「自殺者って、なんで？　……ひょっとしてこの町には樹海みたいな深い山林があるから、首吊《つ》りも多いとか？」

そう恐ろしげに口を挟んだのは、雪路だ。

いきなり声を発したためか、皆の驚きの視線が雪路に集中する。

「わざわざ山に分け入って首を吊るのかって考えたら、すげえ念入りっていうか、計画的な自殺だよなあ」

「そう言われると、確かに……突発的ではないよね。でも雪路君、ここって急な崖《がけ》もあるみたいだから、身投げパターンのほうが多いんじゃ？」

しんみり言う雪路につられ、杏も話に乗った。

「ええ……？　そうかあ？」

「首吊りだと、たとえばロープとかの、死ぬための道具をあらかじめ用意しなきゃなんないよ。今から死ぬっていうのに、面倒じゃない？　飛び降りなら道具はいらないでしょ」

「うあー、そっか。いや待て、そういう準備もある意味、死ぬための儀式みたいなもんなんじゃね？」

「あ、かもしんない。心の整理をするための時間かあ」

死ぬって大変なんだね、としめくくった杏のほうにも、皆の視線が集まった。

青ざめた小椋の目が、「やめなさい、おまえたち」と訴《うった》えている。

他の男性たちの表情もおよそ似たり寄ったりだ。そんな彼らの反応を見て、杏は、しまった、と焦《あせ》った。せっかく小椋がこの後に控えている買い取り交渉のため、フレンドリーな空気に持っていったというのに、余計な口をきいてぶち壊しにしてしまったかもしれない。

言い訳になってしまうが、最初に自殺の話に食いついた雪路も、それに乗ってしまった自分も、日頃から霊障の類《たぐ》いに悩まされている。つまり「死」のイメージは、そのまま「幽霊」につながるのだ。ある意味、身近な問題と言えなくもないために、死に方のパターンが無意識にぱっと思い浮かんでしまう。

だが、こちらが日々被《こうむ》っている迷惑なポルターガイスト事情など知るよしもない湯沢たちにしてみれば、人生これからというような未成年の杏たちが、首吊りだの飛び降りだのと不吉なワードを平然と口にする姿は、よほど衝撃的に映ったのだろう。

「ええと、君たちは――その」

久保田が真剣な顔になって、杏と雪路を順に見た。それからなにか思いついた様子で小椋を振り返り、険《けわ》しい目で彼の全身をじろじろと見る。また杏たちに視線を戻す。

「……なにかこう、死にたいと思うようなつらいことがあったり、誰かにそういう真似をされていたりするんだったら、いつでも相談に乗るよ」

そういう真似、ってなんだ。なぜ小椋をいったん見てからその発言をした。

杏は、いきなりこちらに寄り添うように語りかけてきた久保田の心情を遅れて読み取り、おののいた。

（まさか……、強面《こわもて》すぎる小椋さんを見て、悪い想像をしたんじゃない？）

熊のようにいかつい男に、日頃からいびられたり脅《おど》かされたりして恐ろしい思いをしているのではないか、と久保田はとっさに疑ったのではないだろうか。

この考えが正解なら小椋に失礼すぎる話だが、なにしろその――店でも客がさっと逃げるほどの強烈な雰囲気が、彼にはある。非常に危険な猛獣と遭遇《そうぐう》したかのような感覚に陥《おちい》るのだ。

目つきの鋭い雪路も小椋同様に、他人から怯《おび》えられるタイプなのだが、不思議なことに彼に関しては最近、険しさというのか、おどろおどろしい雰囲気がなぜか薄まってきた。まるで憑《つ》き物が落ちたみたいな――。

「い、いえ、変なこと言ってすみません！　私たち、すごく元気です！　小椋さん……工房長にもいつも親切にしてもらっています。バイト楽しい！」

杏は我に返ったあと、慌ててフォローに走った。

隣では雪路も顔を引きつらせながら、うなずいている。

唐突に冤罪《えんざい》をふっかけられたかわいそうな小椋は、久保田の発言の意味に気づいたらしく、普段のヴィクトールのような濁《にご》った目をしていた。

「元々ね、このセンターも、地元の子どもたち……家庭や学校なんかの、身近な環境で問題を抱えている子どもたちの受け皿として、利用されていたんだよ」

久保田はまだ疑っているのか、そんなことを言った。

星川とヴィクトールが同情の目を小椋に向けている。小椋は大きな肩を丸めていた。

「そうなんですか？」

と、杏は聞き返しながらも、同時に納得していた。

そういえば上階の図書室には、児童向けの本もかなり残されていた。

「うん、だからね、新施設の案だって特別突拍子もない話だったわけじゃない。未来ある子どもたちを守るのは、大人の義務だ」

「皆さん、立派ですね。うちの町にもそういう、住民を守る組合というんですか？　できたらいいいな」

杏が、さりげなく彼らを称賛する方向に話をスライドさせて微笑《ほほえ》むと、久保田も湯沢も硬く引きしめられていた表情をゆるめ、態度をやわらげた。

死にかけの顔をしていた小椋が、杏のほうに片手で小さく、「よくやった」という合図を送ってくる。あとで慰《なぐさ》めよう。

「いや、うちの町にだって組合ぐらいあるだろ。というより、組合があったって、それだけで町が発展するわけでもない」

なのに、空気を読む気のないヴィクトールが、例のごとく場を凍らせる発言をする。

それ以上は言わせない、と腕を引っ張ろうとした杏よりも早く、ささっと移動した雪路が彼のふくらはぎあたりをすばやく蹴った。

ヴィクトールは振り向いて目を吊り上げると、「もう二度と口を開くものか」というような、心を閉ざした表情を浮かべた。

「あの、それにしても、こちらのセンターって、あちこちにかわいい飾り物が使われていますよね！　あっちの、受付側の壁にくっ付いているベルとかも、レトロでいい感じです！」

杏は意識して明るい声を上げ、ロビーの入り口付近に設《もう》けられている受付側を指差した。勢いにつられた湯沢たちが、そちらを向く。

「あそこにベルなんてあったか？」

どれのことか思い至らず首を傾《かし》げる湯沢の横で、久保田が、ああ、あれか、と気づいた様子でつぶやく。

「今のセンターとして改装する前からあったベルだよ。輸入品だからって、なんとなく捨てられず、取り付けたやつだったはず……。あんな錆《さ》びたベルが、かわいいのかい？」

「はい！」

張り切って肯定する杏を、久保田はおかしそうに見た。

「いいよ、持っていきなさい。どうせ処分予定だったしね」

「いいんですか？　嬉しいです」

予想外の収穫《しゅうかく》だ。杏は高ぶった。

「センターには、もうほとんど廃棄《はいき》するものしか残ってないんだよ。他にほしいものがあったら、遠慮《えんりょ》なく持っていってかまわないよ」

「本当に？　窓枠《まどわく》のデザインもおしゃれでかわいいです。それもかまいませんか？」

杏は内心、やった、と拳《こぶし》を握った。

（これは……！　いける！）

湯沢が、変なものでも見るような目を杏に向けてくる。

「窓枠？　……って、なにに使うんだ？　最近の女の子の趣味って、わからないなあ」

「私、レトロな感じのものが好きで……、あっちの重厚なドアも素敵ですよね。あの重たげな感じが、ぐっときますよ！」

「え、重たげな感じってどういう意味だ？　そりゃドアなんだから、重いでしょうよ」

本当にわけがわからない、というように湯沢が苦笑した。

「そんなに気に入ったなら、ドアも持っていくかい？」

「やった。私、本当にいただきますよ、いいんですか！」

「本気でドアがほしいの？　いや、椅子やテーブルがあるなら引き取りたいとは聞いていたが……、まさか廃材にこうも喜ばれるとは。あんなもの、いったいなにに使うのかわからんが、いいよいいよ、好きなの持っていきなさい」

「ありがとうございます！」

杏は手を叩いて喜んだ。

先ほどまで「今から千年は喋《しゃべ》らない」と、決意でもしているような険しい顔をしていたヴィクトールもだが、雪路や小椋も、尊敬のまざった驚愕《きょうがく》の目で杏を見てくる。

さすがに上階の図書室の棚《たな》も無料で引き取りたいと要求するのは気が引けるが、少なくとも話題に上ったドアやベル、窓枠などは笑顔で頂戴《ちょうだい》できそうだ。

その後、杏は他のめぼしい品々も譲《ゆず》ってもらえるよう持ちかけた。

湯沢たちは時々呆《あき》れた様子を見せながらも、少しでも廃品を減らせるなら、と杏の要望を気前よく聞いてくれた。受付にドンと置かれているカウンター本体――これも古そうな木製品だ――も引き取りたいと勝負をかけてみたら、いよいよ奇妙な顔をされたが、難なくＯＫをもらえた。ついでに、カウンターの横に設置されていた、セットのシンプルな木製チェストなども引き取れることになった。一階会議室や管理室のあれこれもごっそりと。

（なるほど、ここは宝船。私は来世で海賊《かいぞく》になれるに違いない）

――予想する以上の収穫に浮かれ切ってしまったため、この一見のどかな町でなぜ自殺者が多いのか、という謎《なぞ》について、杏はすっかり考えることを忘れていた。

本日のお目当ての品であるチャーチチェアの買い取りの相談に関しては、素人《しろうと》の杏の出る幕ではない。皆で三階に移動したのちは、交渉役は小椋にバトンタッチだ。

チャーチチェアを前に、話し合いを始める小椋や星川、湯沢たちを、杏は少し離れた場所から眺めた。ヴィクトールは、「今月、ボーナスつけてあげる」と一言、杏に囁いてから、彼らの話し合いに参加した。

雪路は参加せず、杏を視線で隅のほうに誘導すると、そこにぽつんと置かれていた壊れかけのチャーチチェアを見下ろし、つぶやいた。

「杏……、さっき内心、やったぜ処分品扱《あつか》いしているんならこの調子でもっとせしめてやれ、とか目論《もくろ》んでいただろ」

「……嘘、顔に出てた？」

雪路と顔を見合わせて、杏はにやにやした。

「だって、いらないなら、もらってもいいかなって。ほら私、崇高《すうこう》なリサイクル精神の持ち主だし」

ヴィクトールの言葉を引用すると、雪路もにんまりした。

「あの様子なら、図書室の木棚なんかも根こそぎいけたんじゃね？」

「雪路君、そんな、あくどい！　……でもいけたかな。言ってみればよかったかな。受付の木製カウンターももらえたから、さすがにそこまで頼むのは図々しいかなあって迷ったんだよね」

「一階のもん、ほとんどもらえたもんな。あのカウンターまで無料引き取りＯＫにした杏に痺《しび》れたわ。あんなひび割れあんの持ち帰ってマジどうすんだよ、って顔してたぞ、あの人たち」

磨《みが》けば光る。リサイクル大事。

「つか、ヴィクトールたちが最後、好きになっちゃうポーズになって杏を見ていたのが笑えんだけど」

「好きになっちゃうポーズってなに？」

「こう、両手で頬を押さえてキラッキラになるやつ」

説明しながら実演する雪路に、杏は笑いそうになった。

「でも実際、あの人たちが気をよくしていたのって、小椋さんがそれまでこの町を褒め続けていたからだよ」

その努力がなければ、これほどサービスしてはもらえなかっただろう。

「杏、交渉に貢献《こうけん》したっつって、ヴィクトールに焼き肉奢《おご》ってもらお」

「いいね、それ」

杏たちが企《たくら》みごとに花を咲かせてこそこそと笑い合っていると、一階ロビーにいた作業員――米倉英治がやってきた。ワイシャツの上に紺色の作業着を羽織った六十代の男性を一人伴《ともな》っている。

彼らの登場に気づいたヴィクトールたちが振り向いた。

「父が遅れてすみません」

英治が、外したヘルメットを脇に抱えながら軽く頭を下げて、全員を順番に見た。

父親と紹介された男性が柔和《にゅうわ》な笑みを浮かべ、歩み寄ってきた小椋と握手する。

「米倉です。うちで経営している福祉施設のほうで、遊具の故障が出て、そっちの対応で遅れてしまいました。どうもお待たせして……」

「いや、気にしないでくれ。久保田さんらに興味深い話を聞かせてもらいましたよ」

小椋がおおらかに応じる。

米倉もほっとしたような表情になった。そこに湯沢と久保田もまざる。彼らは時々太い笑い声を聞かせながら、雑談を始めた。

杏は、ぼんやりと米倉を見つめた。息子の英治とはあまり顔が似ていない。米倉のほうは小柄で、頬が痩《こ》け気味。ぎょろっと目が大きく、口も大きい。笑った時に、歯並びがいいのが見て取れた。センター分けの短めの髪は、建物の外では今、風が強くなってきているのか、少々乱れていた。

どちらかといえば無愛想な息子と、笑顔の似合う愛想のいい父親。タイプの異なる二人なのに、並べば不思議と親子だというのがよくわかる。

——と、杏は無駄に米倉を観察し、現実逃避《そ》していた。

もっとインパクトのある問題から目を逸らすためにだ。

「……杏？」

米倉を見つめたまま固まる杏の様子に不審なものを感じたのか、雪路が小声でおずおずと問う。

杏は、ごくりと唾液《だえき》を飲み込んだのち、乾いた唇を開いた。

「……雪路君、アレ、見える？」

「………は？　アレ？　……は？」

雪路はぎこちなく首を傾げた。声が震えていた。

杏はゆっくりと視線を雪路に向けた。

雪路は、頑《かたく》なに杏だけを見つめている。アレ、と何度促しても、絶対に米倉を見ようとしない。

「……見えてる？」

「なに？　なんのこと？　俺わかんない」

無邪気な調子で否定されたが、これはわかっている。間違いない。その証拠に先ほどよりも声が震えている。

杏は、重々しく言った。

「頭」

「え、撫でてほしいって？」

「そういうヴィクトールさんっぽい思わせぶり発言は今、いらないから。撫でられたいんじゃなくて、頭。あの人の頭をよく見て」

「ヴィクトールに普段なにされてんの？　通報する？」

必死に話を変えてごまかそうとする雪路に、杏は痺れを切らし、事実を叩きつけた。

「米倉さんの頭、齧《かじ》られてる」

「……」

「女の子に」

「……杏、女の子は他人の頭を嚙んだりしない」

「女の子みたいな幽霊が首にしがみついていて、米倉さんの頭にがぶっと嚙み付いてる」

「詳《くわ》しく説明すんなよ！　見ないようにしてたのに！」

雪路が叫んだ。が、幸いにも、と言っていいのか、身を襲う恐怖のせいでほとんど声が出ていない。

「つうか、女の子みたいって、なに。なんで曖昧《あいまい》に言うんだよ、怖《こえ》えよ！　顔が見えないほど髪が乱れてるとか、そういう話か！」

「違います。口が、イーッて感じに、ものすごく左右に裂けていて、顔が変形しているので……」

性別がはっきりとはわからず……と続けようとした杏を、雪路は涙目でとめた。

「なんで克明《こくめい》に描写すんの？　俺のマジ泣き見てえのかよ」

「雪路君が聞いてきたのに……」

雑談中の米倉たちには気づかれなかったが、勘のいいヴィクトールが怪訝《けげん》そうにこちらを振り向いた。図書室の片隅でぶるぶる震える杏と雪路の姿を見て、彼は明らかに顔を強張《こわば》らせた。

（ヴィクトールさん、その人、やばい。とてもやばい感じ！）

杏はゆっくりと視線を米倉に向けてから、再びヴィクトールを強い目で見た。杏の圧に押し負けたヴィクトールの視線が、弱々しく米倉に向く。

しかし、ヴィクトールの目にはなにも映らなかったらしい。彼は、「なにを訴えたいんだ？」と問い返すように眉をひそめ、杏に視線を戻した。

（待ってよ、見えているのは私だけ？　いや、雪路君もだよね⁉）

じわりと染みが広がるかのように、不穏な気配が濃くなっていくのを、杏は肌で感じ取った。急に館内の温度までもが下がった気がする。

「え」

ヴィクトールに向けていた視線を米倉に戻そうとして、杏は茫然《ぼうぜん》とつぶやいた。

なに⁉　と、隣で雪路が大仰《おおぎょう》に反応していたが、返答する余裕はない。

――いつの間にか、壁際や本棚の横に、子どもが俯きながら立っている。

それが、ひとつ、瞬《まばた》きをするごとに、一人、二人、三人と、増えていく。

髪の短い子もいた。長い子もいた。女の子も男の子も。赤茶けた髪の子もいる。真っ黒な子も。背丈も体型も皆ばらばらだったが、総じて十代前半の子たちで間違いなかった。恰好もそれぞれ異なるというか、奇怪の一言に尽きた。麻袋をかぶったかのようなごわごわしたワンピース姿の子もいれば、現代の服を着ている子もいた。しかし誰もが、壁を背にして仄暗《ほのぐら》い気配をまとい、俯きながら立っていた。

「……えっ」

ようやく米倉側を向いた雪路の目にも杏と同じ光景が映っているのか、彼は気圧《けお》された様子で無意識に後ろへ下がろうとした。その拍子に壊れかけのチャーチチェアにぶつかり、よろめいた勢いのまま、彼はすとんと座面に座った。割れていた背もたれが、小さくパキッと音を立てた。

あちこちに立っていた不気味な子どもたち――幽霊たちが、突然、俯いたまま一斉《いっせい》に駆け出した。

そして、米倉に飛びついた。

腕に足に、胴体にひしっとしがみつく。砂糖に虫が群がるかのような、異様な眺めだった。子どもたち全員が、なにかを訴えるように、自身の顔を彼の身体にこすり付けていた。

（なんでそんな真似を……）

杏は息を呑《の》んだ。

はじめから彼の首にしがみついていた女の子は、鯰《なまず》のように大きく左右にあいたその口で、ひたすらがじがじと彼の頭を齧っている。乱れた髪の間から覗く目は、別々の方角に向けられていた。左は白目を剝《む》くように天井《てんじょう》へ、右目は杏を見据《みす》えている。

杏もまたよろめきそうになった。とっさに、チャーチチェアに茫然と座り込んでいる雪路の肩に手をつき、転ばないよう身を支える。手の下で、雪路の身体が限界まで強張っていた。

自然と雪路のほうに目が吸い寄せられたが、そこで杏は、声にならない声を上げた。

雪路の座るチャーチチェアが、じわっと血の色に染まっている。

いきなり仰《の》け反《ぞ》った杏に、雪路がぽかんとした。次いで恐る恐る、自分が座るチェアを見やる。

「……うわっ！」

雪路は掠《かす》れた悲鳴を上げて、勢いよく立ち上がった。

さすがに今度の声は、図書室にいる全員の耳に届いたらしい。雪路に皆の視線が集中した。

「どうしたのかな？」

米倉が驚いたように首を傾げ、声に気遣いの色を乗せて尋ねてきた。

彼の頭を齧る女の子の幽霊も、ことりと首を傾げていた。――彼の全身に群がる幽霊の子たちも、てんでばらばらな方向に首を傾げてこちらを見ていた。

雪路は目の前の光景にショックを受けているのか、声を出せないでいる。

「……く、蜘蛛《くも》、大きな蜘蛛がいて、驚いて」

杏は彼に代わって、嘘をついた。

大人たちにはどうやら、幽霊の姿が見えていない。なら、ここで主張しても無駄だ。まずもって頭がおかしいと判断されるだろうし、その結果、今日の取引にもケチがつくかもしれない。

「ああ、解体作業が始まると、地中から虫が湧き出てくるんだよなあ。どれ、追い払おうか？」

米倉が親切に言って、こちらに近づいてくる。

「あっいえ、もう逃げたみたいです、今、雪路君が立った時に」

「そう？　また出たら、言いなさい」

怯える杏を気遣ってだろう、米倉が穏やかに微笑む。

優しい人だ、と杏は思った。

その優しい人に、なぜこんなにも、恨めしげな顔をした少年少女の幽霊が群がるのか。

杏と雪路が恐怖に呑まれて放心していると、さらに遅れて、組合の仲間らしき男性が三人、図書室に入ってきた。年齢は四十代から六十代だ。女性は一人もいなかった。

こちらの様子を気にしながらも、米倉は彼ら三人を小椋たちに紹介した。

そのうちの一人が、どうも小椋の知人らしい。今回の買い取りの話を持ちかけてくれたのも、その人のようだった。

しかし杏はもう、彼らの話に集中できなかった。

幽霊たちは、獣のように米倉に顔をこすり付けるのを急にやめると、お、う、おー、えー、と声なく呻《うめ》いて身を震わせた。次に湯沢たちや新しく来た男性陣に近づき、おー、にー、いー、とふざけるかのように大きく口をぱくぱくさせる。

それから、ばたばたっと図書室内を駆け回り、また大人たちに近づいた。おー、おー、にー、にー、いー、と頬に皺《しわ》ができるほど口を開け閉めする。

もしかしてこの幽霊たちは、鬼ごっこしようとでも誘っているのだろうか。

そう思っていたら、今度はぴょんぴょん飛び跳ねたり、身体をくねくねさせたり、天井に何度も指を突き上げたり、全身をぶるぶると痙攣《けいれん》させたりし始めた。

その悪ふざけのような不気味な体操を見て、杏は全身に鳥肌が立った。膝が抜け、へたり込みそうにもなったが、そこでいきなり手首を強く掴まれる。

杏は軽く飛び上がった。一瞬でうなじが汗ばんだ。

戦々恐々と、誰に手首を掴まれたのかを確認すれば、その犯人は隣に立つ雪路だった。彼のこめかみにも汗が伝っていた。

それを目にした瞬間、杏はもうダメだと思った。ここにいたくないという強い嫌悪が胸にわき上がる。すごく嫌だ。なんだか気持ち悪い、うっすらと吐き気もする。とにかくダメだ。でも動けない。

いや、どうしたことか、自分まで――ぶるぶる痙攣したくなる。発狂したくなる。鬼ごっこに加わりたくなる。彼らに共鳴してしまったのか。いつの間にか、呼吸も浅い。酸欠になりそうだ。

杏は、顎が痺れるほど歯を食いしばった。

「――あの、すみません！　ちょっと俺たち……、トイレに！」

大声で宣言することではなかったが、雪路も雪路で、この光景から逃れるために必死だったのだろう。

彼の声で、異様な共鳴から解放された杏も、必死にうなずいた。

もとより未成年の杏と雪路は、誰が見ても単なるオマケのバイトや手伝いでしかない。

大人たちは、鷹揚《おうよう》にうなずいた。

「ああ、外の自販機はまだ使えるから、少し休んできたらいいよ。この辺は空気も綺麗だしね、よかったら散歩でもしておいで」

米倉がにこにこしながら言う。

彼の頭には、あいかわらず幽霊の女の子が張り付いているけれども。

ほがらかに杏たちを見つめる組合の人々とは対照的に、工房の仲間や星川は真っ青だ。「嘘……、まさかその死にそうな表情は……？」と、不吉ななにかに気づいたように、怯えた目を向けてくる。

（ごめんなさい。この光景はちょっと、きつい！）

なにも見えていない彼らには、害はないはずだ。……と信じたい。

霊感体質の持ち主である小椋や星川にも見えていないのが少々引っかかるが——今はそこを追及する時ではなかった。

杏と雪路は、勢いよく頭を下げたのち、図書室から脱走した。

そして通路に出たあと。雪路は震えながら言った。

「杏はいつからアレ、見えていた？」

問いの意味をすぐには飲み込めず、絶句する杏に、雪路は早口で続けた。

「俺さ、一階を見て回ろうとしていた時、何度も目の端を影が駆け抜けたんだよ」

「……影、って」

「最初は気のせいだと思っていたんだけどさ。でも、テーブルのほうを向いた時……、その下に、誰かの、子どもの、小さい足が見えて」

「え——」

「ぞっとして逃げようと思った瞬間、仁《じん》さんに摑まった。『ちょっとテーブル動かすの手伝って』と言われたんだ」

——そういえば、確かに雪路は一階で、星川に摑まっていた。

「仁さんを置いて逃げるわけにもいかないし、結局手伝うはめになった。で、覚悟を決めてテーブルを横に倒せば——もちろん、そんなとこに子どもなんか隠れているわけがない。目の錯《さっ》覚《かく》かと思って、ひとまず安心したんだ。それでも、もう一人で行動する気にはなれなくて、仁さんの手伝いを続けた。……杏は一階で、なにも見なかった？」

「ない、見てない」

——本当に？

勢いよく否定したあとで、杏はふっと考えた。

（管理室のベンチの、黒ずみは？）

脳裏に、座面が真っ黒になっていたベンチの残像がよぎる。

杏はぎゅっと目を瞑《つぶ》ってから、大事な対幽霊用の道具——緊急時に使用するお祓《はら》いの塩を取り出そうとした。

出番がなければいいと思っていたが、そうはいかないようだ。

だが、そこで重要なことに気づく。

塩を入れたバッグを、外に停めているレンタカーの中に置いてきたことに。

「雪路君、悪いんだけど、一緒に外へ出てくれない？　……塩がバッグの中にあるんだ」

「むしろ喜んで外に出る」

彼は食い気味にそう言った。

「ちなみに俺のポケットに入れていたはずのお守りは、いつの間にか消えているからな」

「私も、どうして大事なバッグを車に置き忘れてきたんだろう？」

「……」

杏たちは考えることをやめた。
がっしりと手を握り合い、今度は建物からの脱走を図った。

# 4

杏《あん》と雪路《ゆきじ》が、文化センター内の図書室に出現した不気味な幽霊たちから逃げるべく、外へ飛び出した後のことだ。

「なあ杏、センターの中でも怖《こえ》え目に遭《あ》ったっていうのに、空の色まで不穏な感じに変わってきてない？　なんだあの、もくもくとした雲……、もう少ししたら雷とか鳴り出すんじゃね？」

文化センターの出入り口に設《もう》けられたスロープの端に座り込み、その手すりにもたれかかって脱力していた雪路が、虚《うつ》ろな目で空を見上げながら言った。

隣でせっせと雪路の身体に塩をまいていた杏は、手を一度止め、空に視線を向けた。すぐに塩をまく作業に戻る。

「こっちに来る時は、まだ空の半分、晴れていたのにね」

今は雪路が言ったように、空の大半が不穏な色に染まりつつある。

「まるで幽霊の出現とともに雷雲もずんずんと迫《せま》ってきた、みたいな……、それでもって、おまえたちを町から決して逃がさない、みたいな……。なんかそんなホラー映画あったよね？　主人公たちが町から出られなくなるやつ。そして一人、二人と消えていき……」

「なんでこのタイミングで、そんなやべぇ映画を連想したの？　それを軽々しく口にしたばっかりに現実になってしまった、っていう悲劇的な未来が訪れる可能性とか、少しも考えなかった？　……てか杏、塩はもういい。怖い思いをしたからって、八つ当たり込みで俺に大量の塩をぶつけんな」

叱責《しっせき》まじりにストップを言い渡され、杏は渋々、塩をぶつける手を止めた。

雪路の着ている黒地のトレーナーが、気付けば塩まみれになっている。

ちょっとやりすぎたか。そう思っていたら、雪路に塩入りの袋を奪われた。今度は杏が、全身に塩をぶつけられる側になる。……自分たちは、いったいなにをしているのだろう。

二人して塩まみれになったのち、鬱々《うつうつ》と黙り込む。

まさか隣町に来てまでポルターガイストに悩まされることになろうとは。今日の運勢はたぶん最下位だ。

（喉が渇《かわ》いたな……）

杏はぼんやりと考えた。自分たちが座り込んでいる幅広のスロープの反対側に、自販機が見える。が、その程度の距離でさえ、動くのが億劫《おっくう》に感じられる。

「……もうさあ、このままバスに乗って、俺たちだけで先に帰っても許されるんじゃない？」

空を密閉するかのような分厚い暗雲を見つめたまま、雪路がそんな提案をしてきた。

「ヴィクトールさんたちを置き去りにして帰るのは、さすがに……」

　気が引ける、と杏が歯切れ悪くもごもごと伝えたら、雪路は、はあ、と気怠《けだる》げに溜め息を落とした。

「大人なんだから、大丈夫だろ」

「なにその、大人に対する根拠《こんきょ》のない信用」

「俺たちと違って、ヴィクトールや他のおっさんは皆、なにも見えてなさそうだったじゃん」

「小椋《おぐら》さんもけっこう『見える』タイプの人なのに、わかってなかったっぽいよね？」

　なぜ自分と雪路のみに幽霊の姿が見えていたのか、冷静に考えると不思議でならない。――いや、出現条件に深い理由などないのだろう。あってほしくもない。

「わざわざ不吉な現実なんか知らせず、『僕ら、センター見学に飽《あ》きたぁ』ってさあ、思春期特有の気まぐれワガママ発言して逃げたほうがいいだろ、お互いのためにも」

　杏の心の天秤《てんびん》が、雪路の意見に賛成するほうに、ぐらっと大きく傾いた。が、おそらくあとでヴィクトールたちに真実がバレるに違いない。

「そして私たちの逃亡後、ヴィクトールさんたちは町に閉じ込められ、人間業《わざ》とは思えないような、手足をぶちっとねじ切られた惨殺《ざんさつ》死体が、路上にひとつ、二つ……」

「やめろやめろ、さっきよりも不吉度をアップさせた冗談を飛ばすな。……え、冗談なんだよな、それ？　本気とか言わないよな？」

杏は目を逸《そ》らした。

もちろん冗談のつもりだったが、どうしてなのか、背筋のぞわぞわが止まらない。

おい杏？　と焦《あせ》った声で呼びかけてくる雪路を無視して、杏は首に巻かれているマフラーに顔の下半分を埋め、デニムジャケットの上から自分の両腕を強くさすった。

太陽が完全に雲隠れしてしまったからか、急激に温度が下がっている。おまけに、まだ夕暮れには早い時間帯のはずなのに、宵《よい》の口かと思うほどあたりが薄暗くなりつつある。不揃《ふぞろ》いな襞《ひだ》を作る紫がかった暗雲を見上げれば、遠雷が聞こえてきた。その音がダイレクトに腹に響く。圧倒されるような空模様だ。不安の象徴のような。

（なんだか今にも雲が渦《うず》を巻いて、宇宙からの侵略者を乗せた船が降りてきそう）

周囲に背の高い建物が存在せず、パノラマのように空の広さを感じられるせいで、そんな非現実的な妄想を抱《いだ》いてしまうのかもしれない。

再びの遠雷。杏たちは無言で空を眺めた。また遠雷。遠雷。近づいてきている。なにかが起きそうな予感がする。

建物の中に戻ったほうがいいかもしれない。理性の部分ではそうわかっていても、頭にこびりついて離れない幽霊の姿が、杏の口を重くする。

きっと雪路も同じ心境に陥《おちい》っているのだろう。

「……ここだけの話さあ」

ふいに雪路が、感情を押し殺した声で話し出した。

「俺も長年、心霊現象には悩まされているんだけど、なぜか最近、これ一番やべえかもっていうやつが消えたんだよね」

「……どういうこと?」

聞き返した杏を見て、雪路は座る体勢を変えた。胡座《あぐら》をかく。

「小学生の時からさ、しつこく俺にまとわりついていた女の子の幽霊がいたんだ。けど、その子がいなくなった」

「そんなに前からずっと……? その子につきまとわれる理由に、心当たりはある?」

なにか記憶に引っかかって、杏が慎重《しんちょう》に尋ねると、雪路は難しい顔をした。

「わかんねえ、なんだろ」

「どういう子だった? 身元がわかるような特徴はあった?」

「それもよくわかんねえな。現れる時はいつも顔の大半が乱れた髪の毛で覆《おお》われていたんで、表情も読みにくかったし。髪の隙間から、目だけは見えていた」

事実を正直に話しているのか、それともなにかぼかされたのか、空に目を向けた彼の横顔からは判断できない。

いや、雪路から話し始めたことだ。ごまかす理由などないか。

「普段は、っていうか、まわりに人がたくさんいる時なんかは、その女の子は現れないんだよ。

学校でも見かけたことはない。だけど、家にいて、なにかの拍子に——たとえば、歯を磨《みが》いていて何気なく洗面台の鏡を見た時や、真夜中に突然目が覚めてなんとなく布団を持ち上げた時——泥《どろ》まみれの女の子が俺の腕にしがみついていたり、いつの間にか一緒に布団の中に入っていてそこからこっちをじっと見ていたりした」

ついその様子を想像してしまって、杏は深く後悔した。

布団を持ち上げたら隣で寝ているとか、本当にやめてほしい。

「はじめの頃は俺とその子の年齢に、そこまで差がなかった。でもこっちは生きてる人間だから、成長するだろ。実際、俺は中学に入ってから背が伸びたしね。女の子のほうは当然、成長するわけがない。年数が経《た》つごとに差が開いていく。そうするうちに、だんだんと女の子の顔も険《けわ》しくなっていった。……私はなにも変わらないのになんで君だけ大きくなってるの、早く私のように死んでよ、って責められている気分だった」

杏は、背筋の凍るような雪路の話に耳を傾けながら、新たな塩入りの袋を取り出して握りしめた。周囲の薄暗さがまた恐怖に拍車をかける。

「俺が高校生になると、格段にその子の出現率が増えた。それまでは俺一人の時しか出なかったのに、徹《とおる》が……あ、うん、隣のクラスの真山《まやま》徹。なんかあいつ、最近俺たちのクラスによく来るよな……。で、その徹が俺の部屋に遊びに来ている時とかにも、女の子の幽霊が現れるようになったんだ。音を立ててドアを開いたり、カーテンを引っ張ったり」

「真山君にも女の子の姿が見えていた？」

「姿がはっきり見えんのは俺だけ。でも、ポルターガイスト現象のほうは、あいつだって気づいてたよ。あの子はきっと、俺が現実の友達を作んの、すげえ嫌だったんだろうな。嫉妬《しっと》のこもった目で徹を睨《にら》んでた」

雪路は、胡座をやめて、もぞもぞと座り直した。杏は、首を傾《かし》げて彼を見つめた。

「徹はチャラいけど、いいやつでさあ。何回もやべえ体験したら、普通はもう俺の部屋に来ようとしなくなんだろ。なのに、怖がりながらも、それとこれとは別って感じでふらっと遊びに来んの」

徹の評価については、素直に同意できる。彼は口こそ軽いものの、友達思いの少年だ。

「俺、杏がバイトに来る前は、学校もたまに休んでたんだよ。女の子の懇願《こんがん》に負けて」

「……懇願って」

「どこへも行かないで、ここにいて、私を忘れないで、離さない……っていう感じ」

杏は、そっと塩入りの袋を雪路の手の中に差し込んだ。雪路はそれをパンツのポケットにねじ込んだ。

「徹は、引きこもり始めたこっちの状況を心配して、遊びに来てくれてたんだと思う。……拒《こば》むべきだってわかっていても、あれだ、数少ない友人を手放したくなかったっつうか。その結果、ますます女の子に執着されるようになったんだよな」

「……それ、大丈夫だったの?」

「たぶん、大丈夫じゃなかった。女の子に腕にしがみつかれた時とか、一瞬、痣《あざ》みたいのがつくようになっていたし」

杏は息を呑《の》んだ。「ツクラ」の職人の中で一番霊感が強いのは雪路じゃないか、とはうっすら思っていたが、まさかそこまでひどい状況だったなんて。

徹を遠ざければ、女の子の嫉妬も多少はおさまったのかもしれない。

しかし、彼を突き放せなかった雪路の気持ちは痛いほどわかる。杏も幼少時からポルターガイストに悩まされてきた身だ。不可解な恐ろしい体験を経《へ》ても変わらずに友人でいてくれる存在など貴重も貴重で、そう簡単に縁を切れるわけがない。

だいいち、なぜそこまで日常を幽霊に搔《か》き乱《みだ》されねばならないのか、という怒りもある。

「ところがさあ、少し前……夏の終わり頃かな、急にその子の気配を感じなくなったんだよなあ」

「そうなの?」

「うん。最後に見た時は、いつもの泥だらけの恰好《かっこう》じゃなくて、なぜかフリルがいっぱいついた服を着ていた」

「ゴスロリ服のこと?」

杏は考えるより早くそう尋ねた。

雪路は少し考え込んだあと、得心がいった顔をした。

「ああ、それそれ。ひらひらしていて黒っぽい恰好な。あの子は俺に、あっかんべー、ってやってから、消えたんだ。それきり。なんで現れなくなったんだろ？　……杏、もしかしてなんかした？」

「してないしてない。私、ゴースト退治は無理」

杏は顔の前で勢いよく手を振った。

「えー、そうかあ……？」

「本当になにもしてないよ！」

雪路は、おかしいなあ、というように首を捻《ひね》っている。が、いくら怪しまれようとも、自分は本当になにもしてない。その子に関しては。

「でもさあ、小椋さんにはなんかしたでしょ」

「なんかって、なんのこと？」

確信をこめた口調で聞かれ、杏はうろたえた。

「小椋さんのほうも変化があった。──そもそも、俺があんなに怖い体験しても最後まで正気を失わずにいられたの、同類の小椋さんがそばにいたことが大きいもん」

「……というと」

杏は、おののきながらも話の先を尋ねた。

「俺よりもっとやべえ感じの人がいるんだから、まだまだ大丈夫的な安心感？」

なんてネガティブな鼓舞の仕方だ。

「って、それだけの恐怖体験をした雪路君よりも、小椋さんのほうが危険な状態だったの……？」

杏は嫌なところに気づいてしまった。雪路がむっと唇を曲げる。

「そりゃそうじゃん。覚えてねえの？　俺たち、杏がバイトに入ってくれたばかりの頃、全身全霊で喜びをあらわにしてたでしょ。霊感体質を持つ仲間が増えたわけだし、勇敢《ゆうかん》に塩をまいて幽霊と立ち向かってくれるし、なおかつ俺たちを見ても怯《おび》えないし」

「そういえば」

杏は思い出した。彼らに、ものすごく感謝された記憶がある。

「小椋さんもさ、杏がバイトに来るまで、マジずーっと、腕に色んな女性をくっつけていたんだぞ」

こちらを向いた雪路が、暗く沈《しず》んだ口調で言った。目が死んでいる。

「……へ、へえ」

「ヴィクトールはさあ、法則はよくわかんねえけど、なんか見えるタイプと見えないタイプの幽霊がいるみたいなんだよね。たとえば心霊スポットに不用心に近づいて拾ってきたとか、なんらかの条件にぴたっとハマった場合はともかくも、大体は自分の霊感の強さというか、幽霊側の思念の濃さで見えるか見えないかが決まるだろ。でも、そういうのも関係ないみたいな……。ああ、ヴィクトールは、最近まで幽霊の存在を否定してたか」

そうだった。初期のヴィクトールは、『幻覚の類《たぐ》いだ』などと言って、頑《かたく》なに幽霊の存在を認めようとしなかったっけ。それも杏は思い出した。

「そのヴィクトールすら、小椋さんの腕にくっつく女性たちの姿は見えてたんだ」

「……。その人たちが全員、普通の人間だったからでは？」

「この話の流れでそんなわけあると思うか？」

一縷《いちる》の望みをかけて言ったのに、雪路に真顔で一蹴《いっしゅう》された。

「まだ幽霊を信じていなかった頃のヴィクトールは、『小椋健司《けんじ》は様々なタイプの女性にモテるんだな。俺は人類よりも椅子にモテたいけど』っていう、イカレた発言をしてたぞ」

ヴィクトールらしいズレた主張に杏は笑いそうになったが、今の雪路の言葉を頭の中で反芻《はんすう》し、すっと血の気が引いた。

「あの、様々なタイプ、ってどういう……？」

「一桁年齢《ひとけた》の幼女から年配の女性まで、よりどりみどり」

「幼女から⁉」

杏は高い声を上げた。そんなよりどりみどり、嫌すぎる。

いや、その異様な状態を、様々なタイプの女性にモテるという言葉ですませていたヴィクトールの神経とか、自分よりもっとやばい感じの人がいるんだからまだまだ大丈夫、と安心していた雪路の精神とか、いったいどうなっているのだろう。

(……あ〜!　雪路君たちがバイトで入った私をあんなに歓迎してくれたわけが、心底納得できる!)

嬉しくない理解に、杏は心の中で叫んだ。

「でも、それも確か、花火大会が終わった頃かな?　ほとんど見なくなったんだよな。たまに、ちょっと派手な感じの女性が寄り添ってる時があるんだけど、そんくらい。で、その女性を見るのって、小椋さんが仕事の休憩中に読書している時に限るんだ。杏と小椋さん、よく本の貸し借りをしてるよな?」

「……その女性は、どんな感じの人?」

「どんな感じだったかな……、不思議と思い出せないんだよな。だけど、今までの女性たちと比べると、あんま怖くないっていうか……なんか横から一緒に読書してる感じ?」

「そっか。……たぶん、その女性の幽霊は、気にしなくて大丈夫だと思う」

その女性には、心当たりがある。

あの人は――おそらくは小椋の元妻であろう彼女は、きっと彼を苦しめないだろう。

小椋の元妻は、およそ二十年前、不貞行為を疑って家を出ていったという。いつも小椋が違う女性を腕に張り付けていたことに我慢ならなくなったのだと。だが、それは誤解だ。その女性たちは皆、死者なのだから。

――杏は、こう解釈《かいしゃく》している。きっと彼女は、自分が死者になって、ようやく小椋の潔白を信じた。もう他の死者を寄り付かせないようにと、自身も小椋の周囲をうろつき始めた。

彼に群がっていた質《たち》の悪い悪霊たちをすべて追い払ったあとは、彼女も安心して、もう現れなくなる気がするのだ。

「やっぱなんかしただろ？　一年前と比べたら小椋さん、顔色よくなってきてるもん」

「してません」

それをいうなら雪路だって、以前よりずっと雰囲気がよくなっている。

「してる。つか杏、店でも定期的に猫缶のお供《そな》えとかしてんじゃんか。うちの店で猫を飼っているわけでもないのに」

「……イマジナリーキャットをかわいがっており……」

「嘘をつくにしたって、もっとなんかあるだろ」

呆《あき》れた顔をされた。

「杏が猫缶のお供えをし始めたのって……あー、それも夏頃からだよな？　七月あたりか？」

……その頃に店で買い取ったダンテスカに、持ち主が飼っていた猫の霊がくっついていたせいだ。なぜかくだんの猫が、今も店に居座っている気がしてならない。

「工房で、あっすげえやばいポルターガイスト起きそう、っていう勘が働いた時、たまに猫の鳴き声が聞こえるって武史《たけし》君が言ってた」

「……へぇー」

「猫の声がある時は、なぜか怖い思いをしなくてすむって」

守り神ならぬ守り猫になってる！

「なんで？」

「……なんでだろうね」

「ヴィクトールだってこの間、壊れたベントウッドチェアをどこからか持ってきたと思ったら、不本意だがそれを猫用にするとか、わけのわかんないこと言い始めたしさあ」

「うーん、不思議～」

それは先月、引っ越していった猫屋敷の持ち主が、たぶん口止め料代わりとして杏たちに残してくれたものだ。そこでも猫の霊がたくさん出た。

「思い返せば、猫町がどうこうって前に杏も言ってたよな？　それと関係あんだろ」

「すごい偶然」

「そんな偶然あってたまるか」

まったく納得していない顔の雪路に軽く睨まれたので、「過去に自分が巻き込まれた幽霊騒動の裏側の話を、言葉を尽くして聞かせてあげようかな」と、杏は思い立った。

手始めに、八月に杏とヴィクトールが泊まったホテル三日月館《みかづきかん》の付近で起きた、不幸な玉突き事故の結末……事故の犠牲者《ぎせいしゃ》の『患者さん』と思《おぼ》しき人物からかかってきた電話についてとか。その患者さんは、とうに死者であるとか。

それとも、ヴィクトールが壊れたベントウッドチェアを工房に持ち込んだ経緯《けいい》とかを、話してやろうか。

いや、ある意味「原点的」なダンテスカに関わる幽霊猫の話を、一番にすべきだろうか。

雪路を震え上がらせるべくそんな悪巧《わるだく》みを頭の中でしていると、一際激しく雷が響《つらぬ》いた。

遠方の空を切り刻んでいた雷がいつの間にか、すぐそばまで来ていた。大気を貫き、地を振動させるほどの轟音《ごうおん》だった。ぴかっと空が光る。神様が遥《はる》かな高みでドラムを鳴らし、地上に向かっていたずらにフラッシュを焚《た》いている。天空でライブでも開催しているのかもしれない。

杏はとっさに両手で耳を押さえ、肩をすぼめた。

「……杏、これ、センターの中に戻ったほうがいいかも」

本当は戻りたくないけど、という顔で雪路が提案する。

「そうだね」

雪路と二人、図書室に湧き出た幽霊群を思い出して憂鬱《ゆううつ》にまみれながら、のろのろと腰を上げる。

ところが覚悟を決めて館内に避難する前に、小椋や湯沢《ゆざわ》、久保田《くぼた》がぞろぞろと外へ出てくる。米倉《よねくら》親子の姿もあった。ヴィクトールと星川《ほしかわ》は、彼らの後に出てきた。

「ああ、君たち、そこにいたのか」

米倉が杏たちを目にとめ、にこやかに声をかけてくる。

杏も雪路も、返答に詰まった。さっと視線を彼の頭部に向ける。

よかった、と言うべきなのか、鯰《なまず》のように大きく左右に裂かれた口で米倉の頭に齧《かじ》り付《つ》いていた少女の幽霊は、跡形もなく消えていた。

「雷、聞こえたかい？　大雨になる前に移動したほうがいいかもしれないんだ。この雨が去ったら、ぐっと気温が下がって、いよいよ本格的な冬の到来だよ」

米倉が一度空を見上げた。

「センターの背面側には、傾斜地《けいしゃち》が広がっている。まあ、大丈夫だろうが、雨で地面が広範囲にわたってぬかるめば、そこで土砂崩れが起きないとも限らない」

えっ、と杏と雪路が同時に身を引けば、慌てたように米倉は言い添えた。

「落石防止のネットは張っているよ。地崩れ用の柵《さく》も取り付けているんで、まず問題はないさ」

「ただ、最近は人手不足で一帯の森の手入れが疎《おろそ》かになっていますからね。夏にあった嵐のあと、ネットの張り替えも後回しになっているでしょう」

久保田が眼鏡《めがね》の下に指を入れて眉間《みけん》を揉《も》みながら、溜め息とともに吐き出す。その横で湯沢はなぜか、むっつりとしている。

「自然を抱《かか》える町は、山林の植生にも目を向けなきゃならんわな。傾斜地が多い町だと、地滑《じすべ》りも起きやすいしよ――」

小椋が深くうなずきつつ彼らの話に乗る。

ここでもまた大人の長話が始まりそうな予感がしたので、杏はすばやく口を開いて割り込んだ。

「そうすると、今日買い取り予定だった椅子などの荷物の運搬《うんぱん》は、後日になりますか？」

「うん、うちのほうでトラックを出すよ」

米倉はにこりと笑った。

じゃあここで解散だろうか。杏がそう考えていると、彼は、ぱんと自分の腰を両手で叩いた。

「だが、これでさよならっていうのも味気ない。天候も不安定だし、帰るのはちょっと待ったほうがいいだろう。車で少し行ったところに、うちの福祉サービスの系列の喫茶店があるんだ。皆さん、そこに寄って休んでいきなさいよ」

親切な米倉のお誘いの直後、ヴィクトールが苦しげに顔を歪め、「そんなありがた迷惑な話で俺の息の根を止めるつもりか？」と言いかけた。しかし言い切る前に隣の星川がヴィクトールの背中をきつくつねりあげ、なおかつ杏も「わあ！　嬉しい！」と、手を合わせて大げさにはしゃぎ、皆の気を引いた。

杏と星川の流れるような連携《れんけい》プレイを見て感動したのか、小椋が自身の目元を押さえている。

「そういえば、腹減ったかも」

雪路がぽつりと言った。

「食堂を兼ねているから、簡単な食事も店で出せるよ。美味《うま》いと評判だから、期待していい。さあ、車で誘導しますんで、ついてきてくださいね」

「父さん、俺はこのまま工務店に戻るよ」

米倉の息子の英治《えいじ》が、小声で彼に告げる。米倉は、そうか、と軽くうなずいた。同行するのは湯沢と久保田のみのようだ。

英治はちらりと杏たちを見て頭を下げると、建物の横手に置かれている小型トラックに向かった。

そちらにはラインの引かれていない駐車スペース……というよりは空《あ》き地のような、雑草交じりの砂利《じゃり》の広いスペースが設けられている。そこの中央側に、数台のトラックと黒いボディのワゴン、空色のミニバンなどが停められていた。一台分の間隔《かんかく》をあけて置かれているネイビーの車が、杏たちの乗ってきたレンタカーだ。その隣にあるのが、小椋が乗ってきた小型トラック。敷地の境でもある駐車スペースの端には、いつからそこに乗り捨てられているのか不明な、錆《さ》びた子ども用自転車が横倒しにされている。

米倉も息子に続いて、駐車スペースへ向かった。

この時、よせばいいのに杏は、ふと振り向いて、センターの正面入り口を見た。

入り口はガラス張りのテンパードアであるため、まるで鏡のように杏たちの姿を映《うつ》し出《だ》している。

――いや、違う。

自分たちの姿が映っているのではない。

誰かが、ドアの内側にずらりとへばり付いて、こちらを見つめている。

杏は、あっと叫びそうになった。

図書室にいた子どもの幽霊たちだ。

彼らは、しきりになにかを訴《うった》えている。

墨《すみ》で塗《ぬ》りたくったように黒々とした瞳も、大きく開いた口も、恐怖しか抱かせない。その真っ黒な瞳を見つめ返し、杏は底無し沼を連想した。ぞっとし、慌てて目を逸らす。

「館内に残っている方々は作業続行のようだけど、大丈夫ですか？」

星川が、先を行く米倉親子を見ながら、気にした様子で湯沢に尋ねた。

「問題ありませんよ。長雨にでもならん限り、土砂《どしゃ》崩れなんてまず起きません。米倉さんはいささか心配性なところがあるんだ」

湯沢は欠伸《あくび》をこらえながら、露骨《ろこつ》に関心のなさそうな口調で答えた。

どうもじわじわと地が出てきている気がする。が、杏は、そちらの会話に集中できずにいた。

何度も入り口側のほうを確認してしまう。

幽霊たちは、杏が目を向けるたび、ポーズを変えていた。オーッと縦に口を開いていたり、ウーッと力いっぱい唇をすぼめていたり、エーッと舌を出していたり、イーッと口を横に開いていたりする。

「とは言っても、過去に実際、何度かセンターの近辺で土砂崩れがあったじゃないか。あそこの法面《のりめん》工事はそもそも、湯沢君とこの親戚《しんせき》の会社が担当してたんじゃなかったっけ？」

久保田の発言に引っかかり、杏は視線を彼らのほうへ戻した。

湯沢が渋面を作り、「余計なことを言いやがって」と言いたげに、久保田を睨《ね》め付《つ》けていた。

「そんなの、役場からの依頼がなきゃ勝手はできんですよ」

「……ああ、そうだけどもさ」

口を滑らしたと気づいた久保田が、不機嫌になった湯沢や、杏たちの反応をうかがって、決まり悪げに眼鏡に触れる。

「まあまあ、自然災害の問題は、海沿いや緑の多い町の宿命っていうかな。施工費用もただじゃねえし、どこの町も資金繰りに頭を悩ませてんだから、大変だよ」

険悪な雰囲気になる前に、小椋が軽い口調でさらっと話を流した。湯沢たちが、安堵《あんど》の滲《にじ》む苦笑いを見せる。

「あんたたちのあとについていけばいいんだろ。見失わねえようにしないとな」

「ええ、じゃあ、またあとで」

湯沢たちは簡単に挨拶《あいさつ》すると、米倉が乗り込んだワゴンにそそくさと歩いていった。

杏たちもレンタカーのほうへ向かう。「俺は行きたくない」と、呻《うめ》いて抵抗を見せるヴィクトールの背を、杏と雪路で押す。

本当、やめておけばいいのに、レンタカーの手前で杏はまた振り向いてしまった。

ガラス戸の内側にへばり付く幽霊たちは全員、恨《うら》めしげな顔をして、こちらを一斉《いっせい》に指差していた。


地方暮らしの住民が口にする、「大した距離じゃない」とか、「ちょっと行けばすぐ」という言葉を、そのまま鵜呑《うの》みにしてはいけない。

大抵の場合は、「なかなかの距離」で、「ちょっと」どころではないのだ。

米倉が経営する喫茶店兼食堂は、車で十五分ほど移動した先にあった。

外観はというと、赤茶の壁にターコイズブルーの扉で、いかにもレトロな印象だ。レトロ風ではなく、本物のレトロ。なにしろ扉の外側の塗装《とそう》は、剝《は》がれかけていた。だがそれも味といえば味だろう。

ここにたどり着くまでたぶん十キロメートル以上は車を走らせているが、途中で空が泣き出した。

本降りから、あっという間に傘《かさ》もさせないくらいの土砂降りになる。車を降りて喫茶店に駆け込むまでの短い距離で、服が濡れる。

「いや、ひどい雨になったな」

先に店内に飛び込んだ米倉が溜め息とともにこぼし、肩の水滴を軽く払った。

「客も顔見知りしかおらんし、適当に座ってくださいね」

そう気軽な調子でこちらに伝えると、米倉はカウンターのほうへ近づいた。

店内は広かったが、どこかごちゃっとした雰囲気があった。賑《にぎ》やかという表現のほうが正しいだろうか。

壁はつるつるした正方形のモザイクタイル仕様で、これが赤に茶に黄色にと、ランダムな色の組み合わせのため、なんだか賑やかに感じられるのかもしれない。横長のカウンターと、客用のテーブルは、飴色《あめいろ》で統一されている。どちらも木製だ。ソファーはベージュ色の革張り。扉側にある、カーテンのかかった窓の一部は、ステンドグラス仕様だった。

カウンターの内側に、店員が二名いる。四十後半から五十代前半に見えるほっそりした垂れ目の女性、それからブラウンの長い髪をシュシュでひとつにまとめている二十代後半の女性。

もう一人、ソファー席に座る四、五十代の男性客二人と気心の知れた様子で談笑している店員がいた。こちらは四十半《なか》ばのふくよかな体型の女性だった。

客はそのソファー席にいる二人と、カウンターの端に座っているショートヘアの少女一人のみだ。少女のほうは杏や雪路と同年代に見えた。前髪をラメのヘアピンで斜《なな》めにとめている。彼女と一度目が合ったが、嫌そうにぷいっと顔を背《そむ》けられてしまった。

カウンターに近づいた米倉は、二十代後半の女性に声をかけた。

「和希《かずき》ちゃん、お腹大丈夫かい？」

「やだおとうさん、それぱっかり。朝も昼も言ってましたよ」

和希と呼ばれた女性が、淡い緑色のエプロンの上から腹部をさすり、親しげに答えた。

カウンターテーブルは腰より高さがあったが、その優しげな手の動きで、彼女が妊娠中だとわかる。

(米倉さんを『おとうさん』って呼んだことは、この女性は彼の娘さんなのかな。でも血縁者が相手の時に、敬語は使わないかも。……なら、英治さんのお嫁《よめ》さんか)

我ながらなかなかの名推理じゃないか、と杏は心の中で自画自賛した。ついヴィクトールに誇《ほこ》らしげな顔を向けてしまう。

ヴィクトールはいぶかしげにこちらを見つめ返しながらも、ソファー席のひとつに座った。小椋と星川がそこに同席し、照れながらこちら側に戻ってきた米倉も座る。湯沢と久保田は、その奥にいる男性客らのほうへ挨拶しに行き、そのままそこの席に座った。

雪路が杏を振り向いて、「俺たちは大人の会話に興味ないもんね」という視線を寄越し、ヴィクトールたちが座るソファー席の手前の席に向かった。杏もそちらに腰を下ろした。並びとしては、横長のカウンター、通路、それを挟《はさ》む形で各客席。その客席の一番奥にいるのが湯沢たちで、真ん中にヴィクトールたち、その次に杏たちが陣取《じんど》っている。

客席はソファータイプ、椅子タイプの二種あるが、どれも基本的には四人掛けで、対面式のテーブルとなっている。テーブルサイズも同一。また、どの席も向きは縦というか、カウンターを横目に見るような形で一列に配置されている。

ほっそりした女性店員はソファー席のほうに、和希はこちらの席に、それぞれ水を載せたトレイを持ってやってきた。和希の腹部は少し膨《ふく》らんでいた。

「おとうさん、商店街のほうは停電になってるって。高速もこの雨で、一時通行止めらしいわよ」

ほっそりした女性店員がそんな話をしているのが聞こえた。

杏の座っている位置からだと、男性客たち、ヴィクトールたちの座るソファー席は背中側になる。振り向かなければ彼らの姿を確認できない。杏は軽く身を捻って後ろを向いたが、ほっそりした女性店員はもう客席から離れ、カウンターに戻ろうとしていた。そのため、彼女が誰に呼びかけていたのかは、正確にはわからない。

(今度の『おとうさん』は、奥さんとしての呼び方かな？　とすると、ここは米倉さんのお店なんだから、この女性は彼の奥さんである可能性が高い。仮に他の男性客の奥さんだったら、停電情報とかの大事な話を、経営者を無視して真っ先に自分の夫に話さない……気がする)

杏は胸中で「名探偵、私」と、再び自分の推理を讃《たた》え、誇らしげに雪路を見た。対面に座っている雪路は、先ほどのヴィクトールのようにいぶかしげな顔をした。

和希がテーブルに水を置いて、カウンターに戻ったあと、雪路がわずかにこちらに身を乗り出し、小声で言った。

「え、さっきから落ち着きがないけど、どうした？　……ここにもアレがわんさかいるよ、って顔か、それ？」

「違います。図書室での恐怖を忘れようと、必死になって他の考えに逃げていたのに、雪路君ひどい」

少しくらい現実逃避してもいいじゃないか。

雪路が反論する前に、米倉がこちらに向かって大きな声を出し、「君ら、好きなの頼んでいいからね」と言った。杏と雪路は彼のほうを見て笑みを返し、席に置かれていたメニュー表を開いた。

「俺、ピラフとポテト付き唐揚《からあ》げセットとソーダにする」

遠慮《えんりょ》せずしっかり食事を注文する雪路に、杏も乗った。ナポリタンにレモンスカッシュ。そう告げたら、雪路が注文内容を一度、米倉に伝えた。

伝言ゲームのように、注文内容が米倉から、推定奥さんのほっそりした女性店員へ。そこでポテト付き唐揚げセットは二つに増えたし、アイスも追加されたし、ピラフは大盛りに変わっていた。杏と雪路は感謝の気持ちをこめてお祈りポーズをし、輝く瞳で米倉を見た。米倉が嬉しそうな顔でうなずいた。

「うちの店ね、ラテアートってやつもあるよ」

よくわかっていない風ながらも、米倉はどこか自慢げに伝えてくる。へえ、と思って杏は、再び彼のほうを振り向いた。にこにこしている米倉と目が合った。

「ああ、なんか、ハートや猫なんかの模様がカップに浮かぶやつでしょう？」

他の客と話し込んでいた久保田が口を挟む。

「そうそう、それも食後に頼むかい？」

「じゃあ、僕たちもそうしましょうか」

湯沢も肯定的《こうていてき》に答えた。

なにやら男性陣がわくわくしている。

「おとうさん、やめて」

カウンター席の少女が、短めの髪をゆらして振り向き、呆れた口調で言った。

どうやらラテアートが得意なのは、この少女らしい。カウンター席に座っていたので、客の一人かと勘違いしていたのだが、違ったようだ。店の手伝いに来ているのだろう。

（今度の『おとうさん』は、娘視点に違いない！）

ということは、米倉の娘になるのだろうか。

杏は三度、「私って冴《さ》えているなあ」と、心の中で自賛した。おとうさん三変化《さんへんげ》だ。

「私もできるけど、於十葉《おとは》ちゃんは3Dのラテアートもすごく上手《じょうず》よね」

カウンターに戻って調理を手伝っていた和希が振り向き、笑った。

於十葉というのが少女の名のようだ。

客席側の男性陣は皆、揃《そろ》って「なにそれ、わからん」という顔をしていた。於十葉がそんな彼らを侮蔑《ぶべつ》するような目付きで眺め、顔を正面に戻す。……正直な子だ。「うざ。わざわざ懇《こん》切《せつ》丁寧に教えてなどやるものか」といわんばかりの辛辣《しんらつ》な表情をしていた。

「……で、杏、さっきの態度なんなの。アレ、いるのかよ。ここのレベル、どのくらいだ？　俺が怖くならないよう、優しく教えて」

雪路がそわそわした様子で囁いてきた。

ここで聞かれたレベルとは、もちろん幽霊警戒レベルのことだ。

彼は、先ほど杏が見せた得意顔を悪いほうに捉《とら》えている。

(違うんだけど……、いや、この店にももしかしたらアレが潜《ひそ》んでいるかもしれない。確認しとこ)

杏はぐるりと店内を見回した。

……いない。

視線を戻し、雪路と同じくらいの小声で「現時点ではオールクリアです」と告げ、両手を伏せて小さく水平に振った。少なくとも、今はまだ幽霊は見えない。今は。

「マジで？　天国かよ」

いないことに驚いている。普通はいない……見えないことが当たり前なんだけれども。

「よし、この店を愛そうぜ」

雪路は、きらめく笑顔を見せた。

「なんて脆《もろ》い愛……、すぐに地獄《じごく》に変わる可能性もあるのに……」

「言うな。今この瞬間だけは本物の愛なんだ」

杏たちはおかしなテンションで語り合い、水で乾杯した。そういえば喉が渇いていたんだったと思い出し、一気飲みして、咽《む》せた。雪路も同じ行動を取っていた。

面倒そうな顔をしながらも、於十葉が水入りのピッチャーを持って近づいてくる。よく見ると、彼女も『カフェ&食堂　H&G』という店名入りの淡い緑のエプロンをつけていた。ただし彼女がつけているのは、和希たちとは違って、腰巻きタイプだ。

「どうぞー」

棒読みでそう言いながら空《から》のコップに水を注いでくれたが、於十葉の冷たい視線は、「こいつら、なんでいきなり水を一気飲みしたの？　馬鹿じゃね？」と、明瞭《めいりょう》に語っている。気のせいか、背後のソファー席に座っているヴィクトールからも、「なにを和気藹々《わきあいあい》としているの、おまえたち」というような視線を感じた。

「若い子っていうのは、いつも楽しそうでいいね」

笑いのこもった湯沢の声が聞こえる。

彼も杏たちのほうを見ていたらしい。嫌みにも取れるような言葉だが、その声に悪意は感じない。だが、カウンターに戻りかけていた於十葉が、「は?」と言いたげな、苛《いら》ついた目で湯沢たちの席のほうを見やった。反抗期か。彼女は本当に表情がわかりやすい。

杏も、そっと振り向いて、ヴィクトールたちの向こうの席にいる湯沢たちを見た。湯沢の横に座っている久保田が、シャツのポケットから煙草《たばこ》の箱を取り出そうとしていた。

「あっ、すまないね、久保田君。この店、少し前から全席禁煙に変えたんだよ」

ライターの音が聞こえたのか、米倉が久保田のほうに振り向き、すまなそうに注意する。

「やあ、すみません」

久保田が慌てて煙草をシャツに戻した。湯沢が呆れたように彼を見ている。

カウンターの端に目を向ければ、そこにガラス製のシンプルな灰皿が積み重なっている。以前は喫煙《きつえん》可能な店だったのだろう。

しばらくして、注文したメニューがテーブルに到着する。

本格的に食事を取っているのは杏たちだけで、男性陣は雑談に集中している。店内は静かで、雨音がする程度だったため、彼らの話し声が杏たちの側まで普通に届いた。話に熱中するあまり声が大きくなっているせいもあるだろう。

「――へえ、じゃあ湯沢さんは、ずっと建設会社にいたわけじゃないのか」

小椋の驚いた声が聞こえる。

「はい、若い頃は配達業をやっていたんですが、ノルマがきつくてね。前妻とも別れたばかりで、心機一転で職を変えようかと悩んでいる時に今の妻と出会いました。――ええ、そうそう。妻のほうもバツイチ。子どもを産んでから、別れたって。うちの会社は妻の親族が経営していたものでして、まあ、そこに僕が婿入《むこい》りした形ですね」

杏は、フォークに巻き付けたナポリタンを口に入れながら、背後で盛り上がっている湯沢の話をぼんやりと聞いた。

(男の人って、こういうプライベートな話を、親しくない相手にも平気でしちゃうところがあるよなあ)

杏はそんな知ったかぶりをした。

「久保田さんのほうは？　あんたは印章店をやってるんだっけ。奥さんはいるのかい？」

小椋が話を差し向ける。

久保田は「いや、僕はずっと独身ですね。他人と暮らすのは苦手なんですよ」と、素っ気なく答えた。

「奥手なんですよ、奥手」

湯沢が横から茶化したように言う。

「ちょっと！」と、久保田が止めるも、湯沢は笑っていなしている。

「だって、本音は別にあるでしょうが」

「いやいや、まだ理想の女性と出会ってないだけかもしれないよ」

米倉が取りなすも、「そんなことないですよ。現にこの人、少し前まで若いホステスに入れあげていたんだから。店に通い詰めたのに結局振られて、それをずっと気に病んでるんです」と、湯沢がデリケートな部分まで軽々しく暴露《ばくろ》する。

「もうやめてくれよ……、ああ、星川さんなんか見るからに男前ですし、ご結婚されているんじゃ？」

久保田はこれ以上自分が暴露話の標的にされてはたまらないと思ったのだろう、あからさまに星川に話を振った。

「俺ですか？　いやー！　俺も独身ですね！　こう、胸と尻《しり》のデカい、驚くような美人と結婚したいですねえ！」

からっと明るく自身の好みを披露《ひろう》する星川の声が聞こえた。わはは、と他の男性陣が声を上げて笑う。杏も一緒に噴き出しそうになった。

「驚くような美人ってなんだよ」

「星川君、言うねえ」

「おいおい、まだ酒も呑んでねえってのに」

だんだんと明け透けになる男性陣の会話が、カウンターのほうにもしっかり届いているのだろう、そちらにいる女性店員たちが冷ややかな視線を客席に送り始めている。

(男の人たちは皆楽しそうだけど、私にはわかる。これはきっと、彼らの中でヴィクトールさんだけが死にたくなっている)

今も澱《よど》んだ目をして、今日という日を心底憎《にく》んでいるに違いない。

「僕ら若輩者《じゃくはいもの》の話なんて、前座みたいなもんですよ。人生の先輩たる小椋さんの話も、ぜひ聞きたいですね」

湯沢が司会役のように、小椋に調子よく話を差し向けている。

今度は小椋のほうに皆の興味が集まったのが感じ取れる。

「いやいや、俺も一度結婚に失敗してんだけどね。まあ、気の強い女房で、喧嘩《けんか》が絶えなくて別れたんだけど、あれが一番いい女だったなあ」

しみじみと追懐《ついかい》する小椋の声の後、男性陣がどよめく。

「なんです、別れたって言いながら、未練たらたらじゃないですか。その奥さんは今どうしてるんですか」

湯沢がまた好奇心たっぷりに尋ねる声が聞こえた。

この人って意外とゴシップ好きなのか、と杏は微妙な気持ちになった。

「いや、あいつとはもう連絡を取ってないんで、どこにいるかも……」

困惑のうかがえるその返事に、杏はぎくっとした。

もしかして小椋は、奥さんが現在どうなっているのか、知らない？　――だが先ほどの話し振りは、まるで故人を偲《しの》ぶような空気があった。そう感じたのは、自分だけだろうか。

「再婚は？」

「しねえしねえ」

一途だねえ、と米倉が感心したような声を聞かせる。

杏は背中で彼らの話を聞きながら、もそもそとポテトを口に入れた。複雑な思いも、一緒に嚙《か》み砕《くだ》く。

(私と雪路君なんか、ポテトはカリカリ派かシナシナ派かで真剣に言い争っているというのに、大人って)

こちらの平和な会話との落差がひどい。

「で、ヴィクトールさんは？　この容姿でしょ、モテないわけがない。いやもう、どこの芸能人かと思いましたよ！」

さらに好奇心を膨らませている湯沢の発言に、杏は再びぎくっとした。唐揚げを食べていた雪路がちらりと杏を見る。杏は俯き、雪路の視線を無視した。

ヴィクトールは今、人類となんか絶対にお喋《しゃべ》りするものか、と殻《から》にこもっているに違いない。

「それがですね、ヴィクトールはモテすぎて女嫌いになったクチだから！　ね、皆さん、贅沢《ぜいたく》すぎて腹が立つでしょう！」

黙り込むヴィクトールに代わって、星川が意気揚々《ようよう》と答えている。また男性陣が、わははと笑った。きっとヴィクトールは心の中で人類を呪《のろ》っている。

「ああ、でも最近は純愛に目覚めたんだよな、ヴィクトール。この顔で純愛なんて、似合わねえー！」

「やめろ」

話のネタにされるのが我慢できなくなったらしい。ヴィクトールがとうとう低い声を出し、星川を止めていた。墓場の下から響いてきたかのような呪わしげな声だった。

いっそう盛り上がる男性陣とは裏腹に、女性陣のほうは今や冬の気配をまとっている。於十葉など、馬鹿騒ぎが煩《わずら》わしいとばかりに彼らをひと睨みし、カウンター横の階段を上がっていった。

(でもこの場を離れた於十葉さんの気持ち、すごくわかる)

未成年の自分たちがそばにいるのに、よく平然と異性の話ができるものだ。とくに既婚者の人たち。デリカシーはどうしたのかと、杏は心の中で彼らの評価を下げた。

その後も男性陣は、喫茶店に相応《ふさわ》しくない下品な話をしたり、かと思えば真剣に町の不況を嘆いたり、自分たちの仕事について語り合ったりしていた。その話によると、米倉は町内のみにとどまらず、かなり手広く福祉サービス関連の店や施設を展開しているらしい。彼がいなくては組合もまともに機能しないだろうというのが、ここでかわされた会話だけでも察せられる。

「やっぱりね、福祉はこれから一番重要な課題になるよ。高齢化社会はまだまだ続くもの。でも、誰だって楽しく年を取りたいじゃないか。そういう未来を築くには、肝心要の町の基盤がしっかりしていないと」

熱のこもった米倉の発言に賛同する男性たちの声が聞こえた。

食事をすませた杏と雪路は、終わりを見せない彼らの話し合いに痺《しび》れを切らし、そっと席を立った。

いい話もしているとは思うが、本音を言えば参加したくない。過去の女性絡みのネタは当然論外だけれども、頭の痛くなるような真面目《まじめ》な話を聞くのは学校の授業だけでじゅうぶん。

「まだ雨脚、強いのかな」

「どうかなあ、ちょっと外を見てみる?」

杏たちはひそひそと話しながら、窓際に寄り、カーテンの端をめくった。すでに外は夜の気配が色濃く漂《ただよ》っている。壁時計を見れば、もう五時を回っていた。古めかしい壁時計で、振り子が重たげにゆれていた。

「あー、土砂降り……。おっさんたちの話も長引きそうじゃねえ?　帰りてえ」

雪路が男性陣に聞こえないくらいの声でぼやく。杏も雪路と同じ気持ちだ。

「高速も通行止めとかって言っていたよね?　確か私たち、高速を利用してこっちに来なかったっけ」

小椋たちが帰る素振《そぶ》りを見せないのも、その問題があるためなのだろうが、暇《ひま》だ。馴染みのない大人たちのそばでは、くつろぐこともできない。

（なんか不吉なパワーで足止めされている気分。この間だって、大雨が原因でヴィクトールさんと車内に閉じ込められたし）

……昨今の幽霊は天候を操るのだろうか。強すぎないか。

「私たち……無事に帰れるのかなあ」

「杏、頼むから意味深発言、やめて……。くそっ思い出したじゃねえかよ、ホラー映画の話！」

「私の発言以上に、この現状こそ意味深だけど」

「マジやめなさい」

唇を噛みしめる雪路にぬるい目を向けた時、仏頂面《ぶっちょうづら》の於十葉が階段をおりて一階に戻ってきた。こちらを一度見ると、ツンッと顔を背け、階段横にある裏口から出ていく。雨の勢いはいっこうに衰《おとろ》えていないが、傘も持たずに外に出て平気だろうか。

カウンター内で食器を洗っていた和希が、少し険《けわ》しい顔を見せ、於十葉を追うように裏口に急ぐ。他の女性店員は気づいていない。

杏と雪路はなんとなく顔を見合わせた。互いの目に閃《ひらめ》く小さな好奇心を確認し合い、二人を追って裏口に近づく。そこで、無言でじゃんけんをし、どちらが扉を開けるか決める。

（……負けてしまった）

敗者の杏は、ゆっくりと扉のノブを摑み、開けた。

途端に、大雨の音。川の流れる音に似ていた。雷はもう聞こえない。

非常灯の類いはなかったが、店内から漏れる明かりのおかげですぐに於十葉と和希の姿は見つかった。裏口の手前にはガレージが設置されている。その庇《ひさし》の下に、彼女たちの姿があった。

（揉《も》めてる？）

彼女たちのほうは、杏や雪路に気づいていない。

どうも和希が、於十葉を叱《しか》りつけている。なにかを諭《さと》しているふうにも見えた。

於十葉は敵でも見るように、和希をきつく睨み付けていた。

「あの……大丈夫ですか？」

杏は、庇の下の二人に恐る恐る近づき、声をかけた。雪路も杏についてくる。庇の下に入れば雨は防げるが、このわずかな移動で肩に水滴が染み込んでいた。

彼女たちは、はっとした顔で振り向いた。

ふと煙草の臭《にお》いを感じた。雨の臭いにすぐさま掻き消されてしまったが、気のせいではないはずだ。

すん、と杏が無意識に臭いを嗅《か》ぐと、急に於十葉が身を屈《かが》め、強張《こわば》った手付きで乱暴になにかを拾った。一瞬しか見えなかったのに、それが潰れた煙草の残骸《ざんがい》だと杏は確信した。

身を起こして杏を見た於十葉の目には、苛立ちと敵意がはっきり映っていた。

「……うっざ。おとうさんにチクったら許さないから」

於十葉は、杏がなにか言うより早く、牽制《けんせい》するように吐き捨てた。舌打ちでもしそうな怒れる顔のまま横を通りすぎて、店内に戻る。

杏は一拍置いたあとで、この状況を飲み込んだ。どうやら於十葉はここでこっそりと喫煙しようとしたらしい。それに和希がめざとく気づき、叱っていたようだ。

於十葉の姿が店の中に消えるまで見送っていた和希は、溜め息を落とすと、ぎこちなく杏たちに顔を向けた。物言いたげな表情だ。

「わざわざチクったりしませんよ、安心して」

戸惑う杏の代わりに、雪路が淡々と答える。

和希はなんとも言えない様子で眉《まゆ》をひそめると、小さく頭を下げて店内に入った。

この場に取り残されてしまったが、間を置かずにあとに続くのもどうかと考え、杏はしばらくの間まごまごした。気まずい。

雪路の反応をうかがえば、彼はとくに焦った素振りも見せず、隣に並んでぼんやりと空を見上げている。

(雪路君って、たまに他人は他人、って感じで割り切っているところがある)

親しい相手以外には、かなり冷めた目を向けているというか。

そんな考えを弄《もてあそ》びながら、雪路の横顔を見ていると、なぜか警戒の視線を寄越された。

「一応言っておくけど、うちの工房内は禁煙だぞ。木材に臭いがつくだろ」

「……喫煙自体は止めないいんだ？」

「まさか吸ってんのか？」

「吸ってません」

否定してから、どうして於十葉は喫煙するようになったのかを杏は考えた。

「……椅子を作ってないからかなあ」

「は？」

怪訝《けげん》そうに聞き返されたが、杏はごまかした。

喫煙理由が、「椅子製作をしていないから」って、そんなわけがない。

自分の発想のおかしさに、変な笑いが漏れる。

「……はー、短時間のうちに、色んなもん見たり聞いたりした感じがすんな」

雪路が少し疲労の滲《にじ》む声で言った。

「うん。同感しかない」

杏が眉間に皺を作ってうなずくと、彼は笑って伸びをした。

「幽霊の群れに、未成年の喫煙に、オヤジどもの下ネタとか、濃すぎね？」

「最後のはとくにいらなかった……」

男性たちの好みのタイプも知ってしまったが、今日一番いらない情報だ。久保田は年下好きとか、湯沢は離婚歴ありとか。他、教師を目指していたとか女性関係が派手だったとか彼らはよく集会を開く……という言葉もちらほら聞こえた気がする。

「おまけに、まだ帰れねえし。……なあ、なんか楽しい話して、杏」

無茶振りをされたので、杏は無言でじゃんけんを持ちかけた。負けたほうが先に話すルール。今度こそ勝つと思ったのに、また負けてしまった。

にやにやしている雪路が憎らしい。

「じゃあ、この話はどうかな。センターを出て来る時に、図書室の幽霊たちがガラス扉に張り付いてこっちを見ていたっていう……」

「杏、いくらなんでもその冗談は笑えねえ。……えっ冗談じゃないの？　……マジの話？」

マジです。

杏たちは無表情で見つめ合った。

雨の音が鼓膜《こまく》を打つ。幻の遠雷が聞こえた気がした。まだ不穏な気配は立ち去っておらず、いつでも獣《けもの》のように物陰から飛びかかってきそうだった。

（いや、大丈夫。なにも起こらない。起こらないでほしい……）

それから、杏たちは鳥肌の立った二の腕をそれぞれさすった。

# 5

杏《あん》と雪路《ゆきじ》は、裏口から『カフェ&食堂　H&G』の店内に戻った。男性陣は相変わらずおしゃべりに興じている。

こちらの気も知らないでいったいなんの話で盛り上がっているのかと、杏は少しばかり八つ当たりしたい衝動に駆られつつ、彼らの話し声に耳を傾けた。

男性たちは、特注だという『万年筆』について、あれこれ語り合っている。金箔《きんぱく》をまぶした夜空模様の万年筆を作って組合役員に配ったとか、それは久保田《くぼた》の経営する印章店でオーダーしたとか。万年筆ひとつで、よくもまあそんなにテンションを上げられるものだ。

杏は内心呆《あき》れた。が、珍しい椅子を見かけたらつい撮影してしまう自分の姿も、「椅子ひとつでそこまで盛り上がる?」と、他人の呆れを誘うに違いない。人の趣味はそれぞれか……と、杏はひっそりと感じ入りながら、先ほど座っていたテーブル席に再び腰掛けた。

杏の対面側に腰をおろした雪路が、「まだ無駄話を続けてんのかよ、おっさんども」と、はっきり書かれた迷惑そうな顔で彼らのほうを一瞥《いちべつ》する。

「あの人たちさあ、俺らの存在を忘れてない？　かわいい高校生が退屈で死にそうになってんだろうが。だいたいヴィクトールも、あんなしょうもない長話によく付き合ってられるな。そろそろ人類が嫌いだと叫ぶ頃じゃね？」

雪路の歯に衣《きぬ》着せぬ物言いに、杏は笑った。

「でも、椅子の絡まない他人の話を五分以上静かに聞けるようになったなんて……、ヴィクトールさんの成長がめざましくて、私、感激した」

「杏はヴィクトールをなんだと思ってんの？　あれでも一応大人なんだから、普通にコミュニケーションくらい取れ……いや、取れてねえな、いつも……。つか、今ヴィクトールが耐えられているってことは、おっさんども、椅子の話をしてるんじゃねえの？」

「違うよ、万年筆の話をしてるみたい」

杏は首を横に振った。

雪路が怪訝《けげん》な顔をして、再び杏越しに男性たちのいる側を見やる。彼らは、杏の背後側の席を陣取《じんど》っている。

杏も彼らの会話に意識を向けた。すでに話題は、万年筆から別の内容に移っていた。

「うちの子が幼い時に熱中していた絵本も、センターに寄贈《きぞう》したんだがねえ。今あそこに残っている絵本、図書館にでも所蔵してもらえんのかね」

「どうだろう、状態がよくないと断られるんじゃないかな」

男性客の残念そうな声が聞こえた。

他に客はおらず、店内は静かだ。そのため、男性たちの声は雪路の位置まで届いたのだろう。雪路は椅子に、ぐでっと座り直すと、「うわ、おっさんの感傷なんてどうでもいい」という辛辣《しんらつ》な表情を見せた。杏は噴き出しそうになるのを堪《こら》えた。

すぐに話題は次の内容に移り変わった。

「センターの撤去《てっきょ》作業も大変ですが、うちなんか、幹線道路脇の雑草除去作業まで役所から押し付けられてるんで、とにかく時間も人手も足りなくて困ります」

湯沢《ゆざわ》のぼやきが杏の耳に届く。

「おまけにこの間は、改装を請け負《うお》ったジムの責任者から、設備に関するクレームを受けましたよ。うちの持ち物件を貸していたんで、最終的にはこっちが折れて費用を負担するはめになったんだ」

「災難ですね」

同情する久保田に、湯沢がさらに不満の声を上げていた。

「まったく災難だったよ。こっちは格安で改装を請け負ったんです。あの金額じゃ、内装に手を加えるのが限度だっていうのに」

どんな物件だったのか、と話の先を促《うなが》す小椋《おぐら》の声が聞こえる。

一瞬、妙な間を置いてから、湯沢が堰《せき》を切ったように話し出す。

「……いえ、以前はちょっとした商店だった物件なんですがね、元々かなり築年数が古くて。そんなんですから、運動用の施設として利用する場合、あちこち修理が必要だったんですよ。当然シャワースペースや着替え室なんて、ついてない。繰り返しますが相当古い建物なので、トイレだって男女兼用のみでした。このトイレの工事だけでも百万程度はかかります。ほとんど新設するようなもんだし」

湯沢の勢いに、他の男性たちが気圧《けお》されたように、おお、と声を漏らしていた。

「屋内の増設だと料金が嵩《かさ》むんで、しかたなしに施設の外に取り付けました。そうしたら利用しにくいだのなんだのと……。着替え室も男女兼用なんてありえないと言われましたが、事前にきちんと見積書を出して説明していたんですよ。それで納得していたのに……、あれはジムの利用者からクレームが多数入ったんで、慌ててこっちに責任をかぶせようとしてきたんです」

杏は、聞き流しながらも、そりゃあ利用者が苦情を申し立てるのも当然だ、と考えた。運動後に汗も流せず、着替え室まで男女兼用とは。

「施設の不備のせいで、利用者にひどい噂《うわさ》を流されて閑古鳥《かんこどり》状態だ、どうしてくれるって。そんなの、こっちのせいじゃないですよ、本当」

「ひどい噂って?」と、久保田が尋ねている。

「トイレが外付けのせいで誰かに窓から覗かれる、着替え室も利用中に誰かが無理やり入ってこようとする、しつこくドアをノックされる、って女性客が訴《うった》えたと。馬鹿らしいです」

なるほど、そのジムの責任者に騒がれて会社の評判が落ちることを憂慮《ゆうりょ》し、工事費用を会社で請け負う結果になったと。改築内容の詳細《しょうさい》をジム責任者にあらかじめ説明していたという話が事実なら、湯沢が腹を立てるのも、まあわからなくはない。

「道路沿いの雑草除去も、予算はカットされたのに、仕事は以前と同じクオリティを求められるわけです。たまったものじゃないですよ。年一回じゃ除去し切れるわけがない」

「だねえ、町の景観が損なわれると住民にせっつかれても、維持《いじ》管理費自体が縮減されてるんだから、仕事を請け負う側としてはどうにもならない」

男性客が同意している。

「僕らだってなんとかしたいのは山々だ。故郷が寂《さび》れて嬉しいわけがない。昔は近くの港へ向かう貨物船がここらの崖《がけ》からたくさん見られた。もう一度、あの活気をってね」

「そのための組合ですよ。町を復興するためにも――」

話が変わる、変わる。万年筆にジム改装、雑草除去に貨物船、組合。

挙げ句は、誰の妻が一番お菓子作りが上手《じょうず》か、という密《ひそ》かな奥様自慢にまでなった。とりとめがないにもほどがある。大人は議論することが尽きないらしい。その大抵はただの愚痴《ぐち》だけど。

(大人の世界はたぶん水玉模様でできている……)

理不尽と不満の黒い穴が見渡す限り、地面にぽこぽこと空《あ》いているに違いない。

自分もいずれは水玉模様の世界の住人になるのだろうか。杏は想像して憂鬱《ゆううつ》になったし、まだ知りたくない世界だったのに、と彼らに対して少しばかり腹も立った。

……が、最後の話の「自分の妻が一番」と暗に主張する男たちの密かな自慢に関しては、ちょっとかわいいから、評価を上げてやってもいい。

ヴィクトールと星川《ほしかわ》は、どの内容でも大抵は聞き役に徹《てっ》しているようだ。

話し合いに熱心なのは米倉《よねくら》、久保田、湯沢、男性客二人で、それに時々小椋が口を挟む。小椋は議論を楽しんでいる様子。

それにしても、彼らの奥様方はお菓子作りがよほど得意らしい。修道院クッキー、枝クッキー、バニラスフレ。心ときめくラインナップじゃないですか、と杏は胸を弾《はず》ませた。聞いているだけで食べたくなってくる。カロリーさえなければ、甘い物の海に溺《おぼ》れられるのに！

(皆、ラテアートは知らないくせに、タルトタタンやカヌレには詳《くわ》しいんだ)

奥様の教育の成果だろう。杏は一人、にやにやした。

ところでタルトタタンって、なんだか雨音を連想しないだろうか。

屋根を打つ雨音。トントン、タタタン。あるいは、ピアノの音。鍵盤《けんばん》の上で、いくつものカラフルな音符がトントン、タタタンと転がっているような……という話をヴィクトールとしたくなって、杏は困った。隣に座っていたなら、この話ができたのに。そうしたらヴィクトールはきっと、「君のそういうところ、悪くないよ」と、嬉しそうに聞いてくれる。

なにげなしに心からころりとこぼれる他愛《たわい》ない思いを、本人が意識する以上にしっかりと受けとめてくれる人だと、杏はもう知っている。

タルトタタンがやけに食べたくなってきた。明日買おうかと目論《もくろ》む杏の耳に、お菓子作りが一番得意なのはうちの奥さんだと自慢する米倉の声が届いた。

（いえいえ、一番美味《おい》しいお菓子を作るのは、室井《むろい》さんの奥さんですよ！）

室井の妻である香代《かよ》の手作りパイは無敵だ。杏はそう信じている。

パイだけじゃない、もちろんタルトも、クッキーやケーキだって……。

「この間、香代さんにもらったオレンジピールチョコも美味しかったなあ。砂糖漬《さとうづ》けのオレンジの皮に、ほろ苦チョコのブレンド……、甘いのにどこかビターで、恋の醍醐《だいご》味《み》みたいな味のお菓子だった……」

杏はオレンジピールチョコの味を思い出しながら、うっとりとつぶやいた。

いきなりなに言ってんの、という正気を疑う視線を、暇潰《ひまつぶ》しにメニュー表を眺《なが》めていた雪路から頂戴《ちょうだい》する。

杏は鼻白《はなじろ》んだ。オレンジの皮に秘められた情熱と偉大なるチョコの無限の可能性など、不粋《ぶすい》な男性にはわかるまい。自分と香代は今や、恋バナで夜に長電話をする友人になっている。

先日なんて、室井のダメなところを山ほど聞いた。入浴後に髪をしっかり拭《ふ》かずに歩き回るから水滴の跡がフローリングに残る、と香代はたいそう怒っていた。

惚気《のろけ》ですかと聞いたら、「杏ちゃん耳が悪いの？」と、本気でけなされた。一時険悪になりかけたが、電話を切る頃には、チョコとはある意味宇宙の別称だ、という意見の一致で無事に和解し、友情を深めた。そう、チョコは宇宙。ビスケットもオレンジの皮も秘密も怒りも平等に包み込む。つまり、杏が本日着ていたデニムジャケットのポケットにフィンガーチョコが入っていたのは、こういうわけだった。

「――そういや、うちの工房で働いてる職人の奥さんも、スイーツっていうのか？　それが得意でさ、よく持ってきてくれるんだよな」

小椋がふと声を上げた。香代の話だろう。ちょうど彼女のことを思い出していたので、杏は意識をそちらに集中させた。

「へえ？」と、久保田が相槌《あいづち》を打つ声が聞こえた。

「だがなあ、最近やけに凝《こ》っているっつうか、かわいらしいものが増えたっつうか……。おまけによ、その菓子に、『さかさまの国のアリスと夜空』やら『可憐《かれん》な泉の睡蓮《すいれん》』やらっていう妙な名前もつけ始めたんだよな」

「なんです、それ？」

米倉が不思議そうに聞き返している。

「いや、それがな……、星形のチョコプレートやフルーツとかが、さかさまにケーキにくっついてんだよ。味は悪くねえんだが、食うのは若い女の子じゃなくて俺らだしよ。こう、うなじがむず痒《がゆ》くなるような、なんとも言えねえ背徳感《はいとくかん》がなあ……」

小椋が、微妙な感を匂《にお》わせて返事をしている。

杏は咽《む》せかけた。それは……おそらく、自分との恋バナの影響だ。

そのうち工房に、『チョコ宇宙の誘惑』などといった名前のチョコパイが届くだろう。

「ああ、室井さんとこの奥さんの話ですか？　確か彼の奥さんって、喫茶店を経営されていましたよね。手作りのケーキも店に置いているんでしょ。なら、若い層をターゲットにした、一風変わったデザートを試作して、メニューを増やそうとされているんじゃないですかね」

という星川の、もっともらしい意見も聞こえてきた。

真実とは異なるが、男性たちは、なるほど、と納得するような唸《うな》り声《ごえ》を漏らしていた。

そこからしばらくは、ケーキの話で盛り上がった。もうその話から興味は失《う》せたが、彼らの声が大きいため、聞く気がなくとも聞こえてくる。ケーキの話のあとは、久保田がこれまでに手がけた珍しい形の判子の話、湯沢の自社でリフォームを手がけた建物のデザインの話、養護施設でバザーを開くから不要な子供服があれば譲《ゆず》ってほしい、という真面目《まじめ》な話。

本当、兎《うさぎ》みたいに話がぴょんぴょんと跳んでいる。

（いつになったら帰れるのかなあ）

とぎれぬお喋《しゃべ》りと大雨に心底うんざりして、杏がテーブルに頬杖《ほおづえ》をついた時、「そうだ、杏」と、雪路が思い出したようにこちらを向いた。

杏を見る雪路の目に、天井《てんじょう》からぶら下がるスズラン型ランプの赤みの強いライトの光が映《うつ》り込《こ》んでいる。そのせいで、雪路の目も赤く染まったように見える。

杏はそれまでのだらけ切った空気を忘れ、ぞくりとした。なんだか魔物の目のようだ。一瞬そう感じた。

いや、雪路本人を恐れたわけではない。

ただ——無自覚なままに、自分は目にした景色の中から、不吉なものを見出《みいだ》そうとしている。そう思えた。なんらかのシグナルを感じ取るかのように。

(って、いくらなんでもそれは、考えすぎ……)

勝手な妄想《もうそう》からしっかりと恐怖を掻《か》き立《た》てられた自分に対する呆れは、すぐさま雪路に対する後ろめたさへと変わる。彼がなにをしたというわけでもないのだ。

ざわめく気持ちを落ち着かせようと、テーブルの下でぎゅっと拳《こぶし》を握った時、とくに気にせずにいた、振り子時計のコチコチとゆれる音が急に耳についた。

雪路の視線から逃げるように、杏は音のするほうへ顔を向けた。

「加納《かのう》君って、覚えてる?」

杏の意識が散漫になっていると察してか、雪路は内緒話の匂いを感じさせる低い声で言って、わずかにテーブルのほうへ身を乗り出した。

「加納……、徹《とおる》君の友達で、サッカー部の人だよね?」

杏は頬杖をやめて、怖々と雪路に視線を戻した。先ほどのシグナルは、気のせいだと信じたかった。

「うん、そう」

うなずく雪路を見つめながら、杏は加納の姿を脳裏に描いた。

髪を白っぽいカラーに染めた、爽《さわ》やかなイケメン。彼は別のクラスの男子生徒なのだが、知り合いと言えば知り合いだ。以前に一度、加納を悩ませていた「赤い靴《くつ》の幽霊」の退治を、徹に頼まれたことがある。加納の自宅にも、その時に訪れている。

肝心《かんじん》の幽霊退治の結末はというと――赤い靴の幽霊の正体についてなら、一応は判明している。正体は、加納の母親だった。けれども、「なぜ赤い靴の幽霊は生まれたのか？」という根本的な問題は、今も解き明かされず不透明なままだ。

答えがないわけではないが、それが複数存在するというか……人によって真実が異なるのだ。そのおかげで、どうも全体像がぼんやりして見える。

後味の悪さばかりが、今もしつこく心の底にこびりついているような状態だった。

しかし杏は、積極的に「本物」の真実を突き止めようという気になれずにいた。それはきっとパンドラの箱だ。そんな根拠《こんきょ》のない確信がある。

ともに幽霊騒動に関わったヴィクトールだって、必要以上に真相を追究しようとしない。

こういう経緯《けいい》があって、杏は、できればもう加納の抱《かか》える事情には深入りしたくない、と後ろ向きに考えた。

「加納君は、あー、もともと学校を休みがちだったらしいんだけどさあ。十月に入ってからほとんど登校しなくなったって徹がぼやいてたんだよ」

反応の鈍《にぶ》い杏の態度が気になるのか、雪路が無遠慮《ぶえんりょ》な視線を向けてくる。魔物の赤い目に、赤い靴の幽霊。赤が瞼《まぶた》の裏に焼き付いて離れない。杏は、嫌だな、と思った。

だが、雪路は話題を変えてくれそうにない。

杏は渋々話に乗った。

「不登校がちになったのって……家の問題で?」

「んー、たぶん。そうなのかな」

雪路は苦笑を見せた。

本当に理由を知らないのか、加納が置かれている立場を慮《おもんぱか》ったのか。

加納家の複雑な事情は、杏も徹からちらりと聞いている。

「なんか転校? するっぽい。って、加納君から電話が一度来て、それっきりって言ってた」

「転校? 急だね」

杏は眉《まゆ》をひそめた。

「今の学校に通えないくらいの遠方に引っ越すってこと?」

「それも謎《なぞ》。電話もすぐに切られちゃって、正確なことはなにもわかんねえらしい。どこの学校に移んのかも聞けてないっぽい」

徹は、加納の自宅には行ってみたのか——そう聞こうとして、杏は思いとどまった。

「なんか、もやもやするよな。加納家の事情に通じているのなら、そうほいほいと気軽に突撃などできないだろう。俺は徹ほど加納君と仲良かったわけじゃないけどさ」

雪路が溜め息とともに言う。

本当に、そうだ。なにもかも曖昧《あいまい》で、ぐらぐら、ゆらゆら、ぼんやりと——輪郭《りんかく》のはっきりしない幽霊のよう。

（ああ、そうか。まだ幽霊は退治できていないんだ）

杏は気付いて、目を伏せた。

見る人によって形を変える真実。それは、ひとつを覗いて「偽物《にせもの》」だ。「本物」を見分けられていない。だから加納家は今も、幽霊に取《と》り憑《つ》かれている。

「んでさあ……杏」

雪路は言いにくそうに、というより、なにか探るようなニュアンスを孕《はら》んだ声で杏を呼んだ。俯《うつむ》いた杏の顔を上げさせるのにじゅうぶんな力があった。

「なに？」

「上田《うえだ》君って覚えてる？」

加納君って覚えてる？　と尋ねてきた時とは、声の密やかさが違った。

もちろん覚えているけれど、杏は返事をしなかった。雨の日の夕暮れみたいな薄暗い湿っぽさを、雪路の声を通して感じ取った。シグナルのように。

上田……、下の名前はなんだっただろう。不可思議な感覚だ。声質なら鮮明に覚えているのに、肝心の名前が思い出せないなんて。

「変な意味で聞くわけじゃないけどさ、上田君と今も会ったりしてる？」

雪路が耳たぶの下を掻きながら、もどかしげに質問を重ねる。

「上田君とはあの夜以来……加納君の家で少し話をした時以来、とくに会ってはいないけど。あっ、学校の廊下ですれ違ったことくらいはあるかな。上田君って、ヴィクトールさんみたいに人見知り激しいタイプだよね。目が合った瞬間、あからさまに逸《そ》らされたよ」

不穏さを秘めた空気を変えたくて、無理やり笑みを浮かべて答えると、雪路は口を噤《つぐ》み、再び探るような眼差《まなざ》しを寄越した。だが杏の返事自体に嘘はないと判断したらしく、諦《あきら》めた様子で視線を逃がす。

カウンターの奥に引っ込んでいた和希《かずき》が、ジュースの入ったグラスをトレイに載せて、杏たちの席に近づいてきた。色からして、葡萄《ぶどう》ジュースだろう。

「これ、オマケね。あの人たちの話、長引いていて退屈でしょ？」

和希は先ほどの一件もあってか、ぎこちなく微笑《ほほえ》みながらグラスをテーブルに置いた。

杏は、グラスの横に置かれた袋入りの白いストローをじっと見た。それから、「口止め料のジュースかな?」と一瞬、意地の悪い考えを抱《いだ》き、かすかに首を振った。

杏と雪路は、「ありがとうございます」と、頭を下げた。和希がカウンターに戻ると、雪路がにやりとして、声に出さず「口止め料だよな」と言った。雪路と握手したくなった。

「あのさ、もしかして上田君も転校するの?」

聞かなきゃいいのに聞かずにはいられない。そんな矛盾《むじゅん》した焦《あせ》りに駆られて杏が話を戻すと、雪路は「まさか」と、笑った。

「幼馴染《おさななじ》みだからって、さすがについていきはしないだろ」

……ですよね。

いや、だったらなぜわざわざ上田の話題を振ってきたのだろう。慎重《しんちょう》にストローの袋を破りながら、視線で話の先を促すと、雪路は真面目な顔を見せた。

「上田君にこの前、話しかけられたんだ。杏に渡したいものがあるんだって」

「私に?」

杏はグラスにストローを差し込み、飲もうとして、顔を上げた。懐疑的な声が自分の口から漏れた。

上田とは、なにかを贈り合うような親しい仲では断じてない。

「加納君から預かった大事なものなんで、杏にどうしても受け取ってほしいんだと」

「……えっと、なにを?」

「観葉植物の鉢植《はちう》えだって」

杏は幾度《いくど》か瞬《まばた》きをしたあと、両手でグラスを持ち、ゆっくりとした動きでストローを口に含んだ。動揺を抑えるための時間稼《かせ》ぎだった。グラスを持つ手に力がこもった。無意識に視線が、テーブルに置いているストローの袋に向かった。

ふいに、不揃《ふぞろ》いの白っぽい化粧石《けしょういし》を盛り上がるほど敷き詰めた観葉植物の鉢植えが、脳裏をよぎる。それから、なぜか鉄のような――血のような臭《にお》いも鼻腔《びこう》に滑《すべ》り込《こ》んできた気がした。

幽霊退治を徹に頼まれて加納家を訪れた夜、上田もあそこにいた。

彼の去り際に、ヴィクトールがなにか言っていたはずだ。

(なんだっけ)

確か、そうだ。リビングの観葉植物を譲ってくれと加納に言ったらどんな返事が来るか、とヴィクトールは尋ねたのではなかったか。

それに対する上田の返事は、微妙にずれていたように思う。「こんな返事が来るだろう」とか、「加納本人じゃないからわからない」などではなく、「やめたほうがいい」という答えを返していた。

どうして上田はあんな言い方を選んだのだろう。

杏は振り向いて、ヴィクトールにあの夜の問いの真意についてを尋ねたい衝動に駆られた。

それと、上田のずれた返答の意図《いと》についても。考えすぎるほど考える癖《くせ》のある、そしてその癖をやめられないというヴィクトールなら、正解を教えてくれる。今までもそうだった。

だが、心に待ったがかかる。聞いちゃだめだと杏の中で、声が響く。

「……上田君はなんで、私に鉢植えを渡したいの？　私は加納君とも親しくないよ。贈られる理由がわからない」

時間稼ぎをやめて、杏はストローから口を離して言った。

「だよなあ」と、雪路はうなずいた。彼のほうは、袋に入ったままのストローを指先で弄《もてあそ》ぶだけで、ジュースを飲もうとはしなかった。

「わけわかんねえよな。たとえあいつと仲良くたってさ、マジで、なんで鉢植えを譲ろうとすんだ。服とかアクセサリー類をプレゼントするならまだしも。……いや、それだって、趣味の似通った同性相手ならともかく、女子に渡すのもどうだよって話で」

「うーん」

杏も首を捻《ひね》ったが、心臓の音が激しくなっている自覚があった。ああ先ほどのは、やっぱりシグナルだった。不吉な事態に備えろというシグナル。

「でも、上田君が言うには、杏は、『薔薇《ばら》の子』だからって」

「は？」

杏は耳を疑い、雪路の顔を凝視した。

「違う、俺じゃなくて、上田君がそう言ってたんだよ！」

雪路が大きな声を上げる。自分でも声の大きさに気付いてか、慌てたように口を押さえ、ふうと深く息を吐く。

カウンターの奥に引っ込んでいた和希が一度顔を見せたが、またすぐに戻っていった。

「なんだよ、『薔薇の子』って。俺が知らないだけで、現代の若者の間では、女子を花に喩《たと》えんのが流行《はや》ってんですか？　うわ……恥ずかし……、滅《ほろ》べよそんな文化」

悪態をつく雪路の耳が、わずかに赤くなっている。

不自然な沈黙が流れた。

男性陣はまだ談笑を続けている。だが彼らの話はもう杏の頭に入ってこない。薔薇の子。どういう意味だ。薔薇と言えば赤。他の色もあるけれど、やっぱり一番に思い浮かべるのは赤だ。

赤は魔物の目——いや、違う。赤じゃなくて、白。白い薔薇だ。

視線がまたテーブルの上にあるストローの袋に向かった。

「あ……、私、確かに『薔薇の子』だ」

杏は、ぽつりと言った。

今度は雪路が「は？」と驚いた。

「え、なんだって？　ひょっとして、誕生月に関わる花……とか？」

「ううん、違う。上田君に、偽物の薔薇を投げ付けられた……もらったことがある」

杏は、ストローの袋を摑んだ。

「偽物？　って、造花の薔薇を？」

いぶかしげな雪路に、杏は首を横に振る。

「違うよ。ストローの袋で作った薔薇。それがすごく上手で……」

実は今も部屋に置いてある、とまでは打ち明けられなかった。

「前に、徹君たちと喫茶店に入ったことがあるんだ。加納君の家を訪れた日の夕方にね。そこで幽霊騒動の相談をもちかけられたの。薔薇はその時にもらった」

「流れ、っつか、関連性がよくわかんねえんだけど」

雪路が眉間《みけん》に皺《しわ》を寄せて、腕を組む。

「その、ストローの薔薇？　を杏に渡したのは上田君なんだろ？　でも観葉植物の鉢植えを渡したいって言ってんのは、加納君だ。上田君はただ預かっただけで。薔薇と観葉植物だって、全然別物だろ」

「……ありがとう、って私が薔薇を受け取ったから？　……興味を持たれた、とか」

「はあ？　どういうこと？　いや、それって上田君の話だろ？　そうなると、本当は加納君じゃなくて上田君自身が杏に鉢植えを渡したかった、ってことになるじゃんか」

「そうだよね、変だ」

「どっちにしても、なんで鉢植えなんだよ」

杏は曖昧な表情を返した。

自分にもよくわからない。どちらだろう。加納か、上田か。どちらが杏に鉢植えを受け取ってほしいのか。そしてそれを、どうしてほしいのか。

本当になぜ、自分なのだろう。ちょっとひどくないだろうか。幽霊にも、それから人骨にも、縁がありすぎる人生なんて嫌だ——そう考えて、杏はとっさに勢いよく自分の頬を両手で叩いた。突然の奇行に、雪路が仰《の》け反《ぞ》った。

(だめだ。今の考えは、なし)

自分が、思い込みが激しい人間であることを、杏は認めている。だから、違う。まだなにも気付いていない。気付いてはいけない。

ああ本当、どうして今、ヴィクトールが隣にいないのだろう。

「……あー、っと。んで、どうする？　鉢植え、もらうの？　俺から断っておこうか？」

雪路が恐る恐るのでいで、そう切り出す。

杏は、その厚意に甘えようと思って、ためらった。

これでシグナルはやむのか。訪れるかもしれない未来の危機を回避できるのか。

「あのさ、雪路君。もし……じゃあ雪路君が代わりにもらってよ、って上田君に頼まれても、できれば、受け取らないでほしいなと……」

その理由を、杏はここでうまく説明できない。自分でも答えがはっきりしていないのだ。

雪路が真剣な顔になって、杏を見つめる。

杏もそうっと見つめ返す。もう、魔物の目をしていなかった。杏を案じる色がライトの輝きを映す彼の瞳に乗っていた。

「いらねえよ。受け取らない」

「うん」

杏はストローの袋を、きつく握り潰した。

「つか、鉢植えなんかもらっても、普通に困るわ」

「うん。……だよね」

「俺が好きなのは花じゃなくて、木なんだよ。松とか楢《なら》とか。どうせなら丸太寄越せっつの」

「私も、そっちがいい」

「な」

杏たちは顔を見合わせて、ほっと息をついた。疲労が肩に覆《おお》い被《かぶ》さっていた。

雪路ももしかしたら、なにか感付いているのだろうか。

杏はストローをくわえながら、そう密かに考えた。

# 6

杏《あん》が気分転換も兼ねてトイレに行こうと思った時だ。

トイレは入り口近くに設《もう》けられている。そちらへ目をやり、席を立つと、ずぶ濡れの母子が店に飛び込んできた。

母親のほうは三十代、娘のほうは小学生くらい……十歳前後だろうか。母親が着ている薄手のニットコートと、娘の白いトレーナーは、どちらもぐっしょりと濡れている。二人の手には閉じた傘《かさ》もあったが、どうやらそれではじゅうぶんに雨を防げなかったらしい。

母親は肩に重そうなエコバッグをさげていた。買い物帰りのようだ。

カウンター内にいた和希《かずき》が顔を出し、すぐに奥へ引っ込んだ。誰かに「タオル持ってきて」と、声をかけている。いくらも待たずに、面倒そうな顔をした於十葉《おとは》がタオルを持って裏口横にある階段を下りてきた。和希にそれを渡す於十葉と、杏は一瞬目が合った。

タオルを受け取った和希が、母娘に近づく。どうやら彼女たちは顔見知りの間柄《あいだがら》のようだった。

「まだ雨、すごい？」

入り口のところで全身の水滴を払う母親と娘に、それぞれタオルを渡しながら、和希が気さくな調子で尋ねる。

「すごいすごい。車でスーパーに行ってたんだけどね、信じられる？　駐車場を出て少ししたら、パンクしたの。雨風で飛んできた釘《くぎ》が刺さったみたい。でもこの雨のおかげで、ちゃんと確かめられてないわ」

「それは災難」

「でしょお？　ほんとやんなる。タクシーを呼びたくても、今からだと一時間はかかるって！　それまで、雨宿りさせてもらっていい？」

もちろん、と和希が笑顔で歓迎した時、席を立った米倉《よねくら》が心配そうにこちらへ歩み寄ってきた。

「ずぶ濡れだね、大丈夫かい？」

「米倉さん、うるさくしてすみません。タクシーが来るまで、お店の中で待たせてもらえますか？」

母親の頼みを、米倉もあたたかく受け入れた。母親が安心したように顔を綻《ほころ》ばせ、頬に張り付いていた一筋の髪を指先で払う。その横で娘が、ぺこりと小さく頭を下げた。

「ああ、そういえば車に子供服を積んである。バザー用に譲《ゆず》ってもらったものなんだが、よかったら雫《しずく》ちゃん、着替えるかい？　クリーニング済みだからすぐに着れるよ」

母親が、あら、と、雫と呼ばれた娘に視線を流す。このままだと娘が風邪を引くと思ったのだろう、遠慮《えんりょ》がちに「お借りしても？」と、微笑《ほほえ》んだ。米倉も笑みを返し、「じゃあ、取って来るよ。ちょっと待っててね」と、雫の頭を撫《な》でようとした。

いい人だ。聞くとはなしに彼らの会話を聞き、米倉の自然な気遣いに杏は感心した。そうしてトイレへ向かうため、彼の背後を通る。――いや、通ろうとした。だが、米倉の手が雫の頭に届く瞬間を見て、杏はなぜか文化センターで見たあの幽霊の子どもたちを急に思い出し、足を止めた。言いようのない激しい嫌悪感が胸に噴き上がり、背筋を震わせる。

杏はその感情に突き動かされるまま、雫の前に立った。

突然、杏が近づいてきたことに米倉が驚いた表情を浮かべ、雫の頭から手を引っ込めた。雫の母親も和希も、ぽかんとした顔で杏を見る。雫本人は驚きも怯《おび》えも覗かせず、無表情のような、無垢《むく》な顔で杏を見上げた。

杏は彼らの視線を浴びて、我に返った。自分が米倉の手から雫を庇《かば》うような行動を取ったことに、遅れて気付く。

だが、胸を占領する激しい嫌悪感のほうはまだ消えていない。そんな感情が湧く理由がわからず、杏は混乱した。米倉に対する不可解な嫌悪感で目が眩《くら》みそうだった。

なんであれ、彼らにとっては異様にしか映《うつ》らない今しがたの自分の行動を、早くごまかさなければいけない。そう判断するだけの冷静さは戻っている。

杏は無理やり笑みを作ると、ジャンパースカートの横ポケットにすばやく手を突っ込んだ。

「あ……の、よかったら、このハンカチも使ってください」

かなり強引だが、ハンカチを渡すために雫に近づいたことにしよう。

しかし、ハンカチ以外のものもポケットに入れていたことを、この瞬間まで失念していた。そう、デニムジャケットのポケットに忍ばせていた銀色の包装紙のフィンガーチョコ。そこに入り切らなかった分を、ジャンパースカートのポケットにも入れていたのだ。

体温でチョコが溶ける恐れもあったが、今着ているジャンパースカートは比較的厚地で、身幅にもゆとりがある。大丈夫だろう。もし溶けていたって、これは自分で食べればいい。そう軽く考えていた。

「あっ……」

ぼとぼとと銀色のフィンガーチョコが床に落ちる。

人間、焦《あせ》るととっさには機敏に動けないものだ。

あ、あ、と妙な呻《うめ》きを漏らすことしかできず、杏は茫然《ぼうぜん》と立ち尽くした。

誰もが不自然に固まった中で、最初に動いたのは、「なに、これ?」と、つぶやいた雫だ。

身軽な動きで屈《かが》み込《こ》み、床のフィンガーチョコを手に取る。

こちらを見上げた雫が、「昨日、お母さんたちが観てたスパイ映画に出てきた、やばいクスりっぽい。こーいう銀紙に包んでた」と、とんでもない冗談を口にした。先ほどの無垢な表情はニセモノだったのかと思うような発言だ。

「こっ、こら！　なに言ってんのこの子ったら」

母親が慌てて雫を叱《しか》る。……が、「まさか？」という一抹《いちまつ》の不安と疑惑が乗った視線を、杏にちらっと向けた。そんなわけない。

「チョコです！　普通のチョコ‼」

杏は両手を振って訴《うった》えた。クスリってなんだ。一般の女子高生はスパイが蠢《うごめ》くアンダーグラウンドな世界でなんか生きていない。

「わかってるってばあ。ねえ、これ、もらっていい？」

にぱっと雫が笑う。

「いいけど、そっちは落としちゃったから、こっちをどうぞ」

最近の小学生って怖い！　そう思いながらも杏は、先ほど手を突っ込んだ側とは逆のポケットから新しいフィンガーチョコを取り出し、雫が持っていたほうと交換した。ついでにハンカチも握らせる。彼女は「気がきくじゃん」と、小生意気な発言をした。自由な娘に苦い顔をした母親のほうが、杏に向かって何度も頭を下げた。

「……杏、なにやってんの。つか。なんでそんなたくさんチョコを隠し持ってんの？」

背後から雪路《ゆきじ》の声がした。

振り向くと、雪路がそこに立っていた。こちらの様子が気になり、足を運んだようだ。同じように気になっていたのは、彼だけではなかった。湯沢《ゆざわ》と久保田《くぼた》もだ。

彼らもまた、いぶかしげな顔をしながら杏の後ろに立っていた。

二人の視線は、杏が握るフィンガーチョコに向かっていた。やけに熱心に見つめてくる。

もしかして、雫が口にした「クスリ」という言葉が聞こえたのだろうか。彼女の母親のように、「まさか？」と、杏が怪しげなものに手を出していると疑ったとか。

ヴィクトールたちの反応も気になったが、彼らはソファー席から動いていない。

杏の場所からだと、雪路の体が壁になってしまい、彼らの姿を確認することができなかった。

「チョコです。正真正銘《しょうしんしょうめい》、チョコビスケット！」

杏は、ソファー席にいるヴィクトールたちにも聞こえるよう大きな声を意識して、再び訴えた。誤解されたらたまったものではない。

「……あー、フィンガーチョコか。懐かしいな。若い頃に食べた記憶がある。今でもこのお菓子って売られているのか」

湯沢が相槌《あいづち》を打ちながらも、まだどこかに疑惑の余韻《よいん》をうかがわせて、杏の握るチョコに手を伸ばしてきた。

店内は、アンティーク調のスズラン型のランプがもたらすライトの明かりが溢《あふ》れている。昼白色ほどの明るさはなく、赤みの強いウォームカラーだが、薄暗さを感じるほどではない。それなのに、位置的に照明が湯沢の向こう側にあるせいか、そして彼のほうが杏よりも上背《うわぜい》があるからか――妙に湯沢の姿がこんもりと大きく、また、影のように黒く見えた。心理的なものも影響して、そう見えてしまうのかもしれなかった。

杏はまたしても、喉を掻《か》きむしりたくなるような強烈な嫌悪感に襲われた。

とにかく「嫌だ」というどす黒い感情がこみ上げてくる。触られたくない。自分の感情なのに、どこか他人事《ひとごと》のようにそれを意識する。

後ずさりしようとしたのは無意識だった。今日が雨で、母娘が飛び込んできた際にタイル仕様の木製の床が濡れていたのが災《わざわ》いした。ブーツの踵《かかと》が軽く滑《すべ》る。そのままずるっと杏は床にへたり込んだ。怯えが滲《にじ》む目で湯沢を見上げてしまった、という自覚があった。

「杏?」

一拍置いて、雪路が焦ったように杏の腕を摑み、立ち上がらせてくれた。不思議と雪路に触れられるのは平気だった。

「ごめん、靴が滑ったみたい」

杏は表情を取り繕《つくろ》ってごまかしたが、湯沢の手から逃げようとしていたのはきっと誰の目にも明らかだっただろう。

湯沢たちが困惑したように杏を見つめる。

再び不自然な空気が流れた。

その時、店の外で、車のドアが閉まるような音が何度かした。続いてどやどやと男性の客が店内になだれ込んでくる。男性客たちは皆、湯沢たちの顔見知りのようでにこやかに挨拶《あいさつ》をし始めた。男性たちのもたらした体温、熱気、漂《ただよ》う整髪料の匂いなどに、杏は圧倒された。

湯沢たちは彼らに愛想よく返事をしながらも、ちらちらと杏のほうを気がかりそうにうかがった。

「ねえ、あっち行こ」と、杏の手を引いたのは、白いトレーナーの雫だ。彼女の母親のほうも、なぜか心配そうに杏の背に手を当てて、席のほうへ足を動かす。そこで米倉も慌てたように動き出し、「着替えを持ってこよう」と独《ひと》り言《ごと》を落として、外へ出ていった。

杏たちは、ソファー席側ではなく、カウンター席に落ち着いた。まだ妙な嫌悪感が胸にこびりついていて、頭がふわふわした。

カウンター席に座る前に一度、ヴィクトールたちの視線を感じた。

杏はあえてそちらを向こうとはしなかったが、ソファー席から立ち上がろうとする星川《ほしかわ》の姿が目の端に映った。が、なぜか彼はぎこちなく座り直す。その時、杏の手を握っていた雫の手に力がこめられたのは偶然ではないだろう。

雫に視線を流すと、彼女は、警戒心の強い猫のように星川たちのほうを睨《にら》み据《す》えていた。彼女の眼力に、星川は気圧《けお》されたようだ。

雫の母親は和希とよほど親しいのか、「手伝うわ」と言って、慣れた様子で彼女とともにカウンターの中へ入っていった。雫は、当たり前のように杏の横に座った。杏は、雪路と娘に挟《はさ》まれる形で座っていた。車のドアを開け閉めする音がかすかに聞こえ、その後、子ども服を持った米倉が店に戻ってきた。

「何ちゃん?」

と、唐突に雫に聞かれて、杏は戸惑った。小生意気な彼女は、近くで見ると意外と大人びた眼差《まなざ》しをしていた。一重《ひとえ》で、黒めがち。小さめの赤い唇。ストレートの肩下までの黒髪には、クリームイエローのヘアピンがついていた。

杏は、何ちゃん、の意味を一瞬考え、ああ名前を聞かれたのかと理解した。

「杏、だよ」

「ふうん。杏ちゃんね。私、雫」

「雫ちゃん」

「そう。そっちは、誰ちゃん?」

雫がカウンターに軽く身を乗り出して、杏の向こう側に神妙な様子で腰掛けている雪路に尋ねる。

「えっ、俺? えーと、雪路、です。はい」

なんで雪路のほうが畏《かしこ》まっているのだろう。

「へえ。雪ちゃんね」

雪ちゃんと呼ばれて、雪路は微妙な顔をしたが、年下の女の子に口のきき方を注意するのはさすがに気が引けたのだろう。諦《あきら》めたようにうなずいた。

一見幼げで、距離感なしのような振る舞いをする雫は、だがどこかドライな雰囲気を全身から滲ませていた。

「あのさ、雪ちゃんと杏ちゃんも、ひょっとして私たちと同じなの？」

雫は内緒話をするかのように、声をひそめた。

「同じ……って？」

つられて杏も小声になった。

「だからさ、逃げてきたの？」

逃げる、という言葉が孕《はら》む不穏さに、隣の雪路がわずかに身を強張《こわば》らせていた。

「杏ちゃんて、男の人、嫌いでしょ」

雫が確信を持った口調で言う。

杏は戸惑った。別に、男嫌いというわけではない。現に異性の雪路とは友達だ。

「さっき、あの人の手を嫌がってたじゃん。私のこともさ、米倉おじさんの手から庇ってくれたんでしょ？」

気付かれていたことに、杏は驚いた。

雪路の物言いたげな視線が杏の頬に突き刺さる。

「私も大きい人、嫌いだもん。まあ、米倉おじさんは嫌いじゃないけど。いいおじさんだよ。あの人のおかげで、お父さんから逃げられた」

雫の話を咀嚼《そしゃく》する杏の横で、雪路がカウンターに行儀良く両手を置き、やはり小声で尋ねる。

「……あー、確か母子寮？　みたいな施設を米倉さんたちは作ろうとしているんだっけ」

「まだできてないけどね」

素《そ》っ気《け》なく雫が答える。

「今は私たち、おじさんとこの児童施設のマンションに、泊まらせてもらってる。お父さんがすごいお母さんのこと殴ってくんの。私たちがなにをするのも気に食わないって感じで。ずっと我慢して暮らしてたけど、ある日、私まで蹴飛《けと》ばされたのを見て、お母さんがもうだめだって思ったんだって。お父さんがお風呂に入っている間に、急いで家を出たよ。私その時、歯磨《はみが》きしている途中だったからね。パジャマだったし。着替えたかったけど、怖い顔をしたお母さんに、いいから、って手を引かれてさ」

雫は悲観した様子もなく、家を出た時の様子を淡々と話した。

カウンターの内側で和希と談笑する母親を見ていた彼女の視線が、杏に移る。

「世界中の父親が悪いわけじゃなくて、私のお父さんだけがただ悪いやつなんだって、ちゃんとわかってるけど。やっぱ似たような体つきの人、怖いなってなるじゃん。杏ちゃんもさっき、殴られてたお母さんみたいな顔してたから。同じかなって」

雪路が驚いたように杏を見る。

杏はどちらを向くこともできなくなり、しかたなしにカウンターの上に乗せた自分の手を見つめた。

「えっ、嘘。なに、待って。杏……誰かにその、虐待《ぎゃくたい》？　とか、受けてる？　え、マジ？　あっ俺のことも怖い⁉」

「おろおろしないで、雪ちゃん」

うざい、と言いたげに、雫がぴしゃりと窘《たしな》める。

「見ればわかるでしょ。杏ちゃんは別に雪ちゃん怖がってないじゃん。怖いのは、大人の男の人でしょ？」

すみません、と雪路が縮《ちぢ》こまりながら謝った。……雫が強い。

「……いや、でも大人は怖いのか？　え、マジで？　あの、いつから、怖くなったんだ？　うちの工房の人たちが原因じゃないよな⁉」

うろたえる雪路はもう無視することに決めたのか、雫はなにも言わず冷ややかに彼を一瞥《いちべつ》したのち、杏を見据《みす》えた。

杏は困った。まさか、子どもの幽霊たちを思い出して意味不明な嫌悪感に襲われた、とは説明できない。

「悪いやつに、なにかされたことあるよね。そういう態度だったもん」

ない、と答えようとして、杏は口ごもった。

──ない、わけでもなかった。

花火大会の夜の出来事がここで急に蘇《よみがえ》る。

ガムテープで椅子に縛《しば》り付《つ》けられた。口にも張り付けられた。髪の毛を数本巻き込んでいた。

全身が恐怖の汗で濡れ、それが嫌で、恥ずかしくて、たまらなかった。

あれは幽霊ではなく、生身の人間が行《おこな》ったことだ。大人の男性が。

頭の奥の暗闇《くらやみ》に、鮮やかな花火が上がる。その手前に、アニメキャラクターのお面をつけた男が立っていた。その姿が記憶と一致した瞬間、全身が強張《こわば》った。手足の血液が逆流したかのような感覚に襲われた。

「大丈夫」

雫がしかめっ面《つら》で、杏の頭を撫でた。

杏は、瞬《まばた》きをして、肩の力を抜いた。

「……米倉おじさんは、ほんといい人だからさ。なんか困ってるなら、相談するといいよ。私もグチ、聞いたげてもいーよ」

杏は、うん、とうなずいたあとで、「これじゃあ私のほうが年下みたいだな」と苦笑した。

そのあと、着替えをしたらここで食事を取っていくという雫のそばを離れ、杏と雪路はテーブル席のほうに移動した。外からかすかに車のドアの開閉音が聞こえた。

雪路の視線がうるさい。過去になにがあったの？　と無言で聞いてくる。

花火大会の夜の出来事を、雪路には詳《くわ》しく話していない。真実を知っているのはヴィクトールだけだ。

（世の中には、赤の他人じゃなくて、実父に暴力を振るわれる子どもが存在する）

それは心がとても暗くなることだ。

理不尽な暴力の怖さを知っているから余計に、息苦しくなる。

どういった経緯《けいい》で知り合ったのかまではわからないが、避難場所を与えてくれた米倉はある意味、彼女たち母娘の救世主なのだろう。杏も、彼の差し出す親切や、困っている人を救いたいという熱意は本物のように思える。

けれども、文化センターで出くわした子どもたちの幽霊を思い出すと、どうにも心がざわめく。あの子たちに共鳴してしまっているのか、それとも引きずられているのか……。

「……大人ってさあ、時々、わざと無神経っつうか、鈍感になるよな？」

突然、雪路がそんなことを言い出した。

「だってさあ、俺も杏も、何度も席を立ったりして、『もう帰りたいんだけど』アピールしてんだろ？　気付いてないわけないじゃねえか。なのにあれ、お喋りに夢中ですって態度取って、気付いてないフリしてるよなあ。なんでだよ」

「……実際に、道路が通行止めだからじゃない？」

「まあそうなんだけど！　でも、高速とかだけで、全部の道路が規制されてるわけじゃないだろ、きっと。遠回りして、規制されてない道を通ればいいわけで」

遠回りした場合にかかる料金とか、道の混雑ぶりとか、慣れない道を通る億劫《おっくう》さとか……色々と理由はあるのだろうが、最終的に、「無理せずに待ったほうが、面倒が少ない」という判断に至ったに違いない。その程度のことなのだ。だから、杏たちがちょっと不満に感じていることに気付いても、「こういう状況だし」という空気で押し通している。大人は、たまにそういう雑な態度を取る時がある。杏はそんな結論を出した。

「ヴィクトールもさ、こういう時こそ、いつものマイペースぶりを発揮《はっき》してほしいのに、なんで今日に限って大人しいんだよ」

それは確かに。……いや、チャーチチェアのために頑張って我慢しているのだろう。ヴィクトールは椅子のためなら自分を殺せる。

「……よし、杏。やっぱバスで先に帰っちゃおうぜ。待ってらんねえ」

雪路が凛々《りり》しく言った。

「バスこそ通行規制されているんじゃ……？」

「待って、スマホで調べてみる……、あ、やべ、ボディバッグ、レンタカーの中に置いてきた」

「私のスマホ――っていうかバッグも、忘れてきちゃった」

杏たちは顔を見合わせた。二人とも忘れてくるなんて。

「……取りに行こっか」

「……おう。車のキー、借りてくる」

二人して妙な不安に駆られながらも席を立つ。

雪路が小椋《おぐら》たちのほうへ車のキーを借りに行った。

杏は先に店のドア側へ行って、雪路が来るのを待った。それから、並んで外へ出る。

「あれっ、雨……」

濡れることを覚悟していたのだが、一時的なものなのか、止《や》んでいる。その代わりに一度、腹に響くような遠雷が聞こえた。空はもう夜の色にどっぷりと染まっていた。

杏たちは再び顔を見合わせ、眉根《まゆね》を寄せた。

漠然とした不安がさらに強まった気がするが、とにかくバッグを手にするのが先だ。

「あった」

車に駆け寄った雪路がドアを開き、杏のバッグも取ってくれた。

すぐに店内へ戻ればいいものを、これを虫の知らせというのか、杏たちはつい、隣に停めている米倉たちの車に近づいてしまった。

もしも彼らが自分たちのようになにか忘れ物をしていたら、教えてあげようという気持ちもあった。おそらく雪路のほうも似たような気持ちだったのだろう。

だが、米倉たちの車の窓を覗き込んで、後悔した。

宵《よい》の色を受けて、車の窓も黒い鏡のように沈んで見えていたのだが、車内側から誰かがバンと勢い良く窓を叩いてきた。車内を覗き込もうとしていた杏と雪路は、パンチでも食らったみたいに同時に仰《の》け反《ぞ》った。

バンバンと何度も何度も音が鳴った。手形が窓に白く浮き出ていた。と思いきや、誰かがゴンと顔を窓に押し付けてきた。ゴンゴン。浮かび上がる白い顔は、文化センターの図書室で見た子どもと同じもののように思えた。

杏たちはとっさに互いの手を摑み、あとずさりした。店内に逃げ込もうとして——そこでも誰かが窓からこちらを覗いているのに気付く。黒い影の輪郭《りんかく》。それが車内から窓を叩いている子どもの幽霊と重なった。

雪路が強い力で杏の手を引っ張り、急に走り出した。

杏は転びそうになりながらも足を動かした。逃亡のタイミングと示し合わせたかのように、空《から》のタクシーが店の前の車道を通る。反射的といった様子で雪路が手を上げ、タクシーを止めた。

後部座席に乗り込むと、雪路が早口で「文化センターまでお願いします」と運転手に告げた。

（えっ⁉）

なぜあそこへ向かうのか、理由がわからず、杏は驚きながら雪路の横顔を見た。

しかし彼は険《けわ》しい顔のまま、きつく口を結んでおり、こちらを向こうとしなかった。


文化センターまではおよそ十五分の距離だ。

料金は雪路が払った。到着する少し前から再び雨が降り出して、あっという間に豪雨に変わる。

杏たちは文化センターに飛び込んだ。杏の心境的にはこのセンターに近づきたくなかったのだが、雨を避けるためには必然的にそうするしかない。

センターはまだ煌々《こうこう》と明かりがついたままだ。作業員たちが残っているのだろう。だが一階ロビーは無人で、天井《てんじょう》のライトから響くジーッという不快な音が耳につくほどに静まり返っている。廃材の撤去《てっきょ》作業は中途半端なところで終わっており、それがなおさら廃墟《はいきょ》じみた雰囲気を作り出していた。

「……誰もいないのかな。でも、入り口は開いていたから、別の階にいるのかも」

杏は無言に耐えられなくなって、肩から雨粒《あまつぶ》を払う雪路に話しかけた。

そこで雪路がようやく杏のほうを振り向き、怪訝《けげん》そうにした。

「別にいいんだけどさ、なんでまた、ここに来たかったんだ？」

そう問われて、杏は動きを止めた。

なにを言われたのか、すぐには理解できなかった。

「なんでって……雪路君が、ここに用事があるのかと思って？」

険しい顔をしていたから、よほどの用事か——幽霊関連でなにか確かめたいことでもあるのかと思い、おとなしくついてきただけだ。

ところが、雪路も変な顔をして杏を見つめている。

「いや待って。杏が来たがったから、なんかどうしても行かなきゃならない理由があるんだろうなと思って、ついてきたんだけど」

「なんで⁉　タクシーの運転手に行き先を告げたの、雪路君だよ！」

「はあ‼　いや、なに言ってんの、杏でしょ」

杏たちは、絶句した。

(雪路君なのに！)

それは間違いない。のだが、雪路の中では、こちらが告げたことになっている？

（どっちが正しいの⁉）

自信がなくなってくる。自分の記憶がおかしいのか、彼がおかしいのか。

見つめ合ううちに、ぞわぞわと全身の肌《はだ》が粟立《あわだ》った。

「雪路君」

「言うな、なにも言うな……」

「私たち、ここに誘導されましたか？」

「だから言うなよ！」

だが、そうとしか思えない。

「そもそも二人して、バッグを車に忘れたりする？」

「黙って。本当やめて」

「また雨強くなってるし。ここから絶対におまえたちを逃さないっていう悪意をひしひしと感じる」

「杏！　俺を泣かすなよ！」

雪路が叫んだ。

それなりの声量で騒いでいるというのに、誰も出て来ない。作業員はどこにいるのか。

「……えっ、作業員、もしかして帰っちゃったのかな」

「ねえ俺が涙目になってんの、見えない？」

「これで館内の明かりがいきなり消えたりしたら、もう……」

「本当に黙ってくれよ!」

痺《しび》れを切らした雪路が、片手でぎゅっと杏の口を塞《ふさ》いだ。

杏が見上げると、怒った顔をしていた雪路が我に返った様子ですばやく手を離した。

「違う、俺、暴力はしない。やらないので信じて」

どうも雫の話が脳裏をよぎったらしい。

杏も今の行為を暴力だとは思っていないので、微笑みを返した。

恐怖が別の焦りにすり替わったからなのか、雪路は少し落ち着いたようだ。両手を腰に当て、俯《うつむ》きがちに深く息を吐いている。

「俺は知ってる。こういう時、下手《へた》に動き回るから危険な目に遭《あ》うんだ。だからおとなしく出入り口付近で待機する。んで、雨が弱まったタイミングで外に出よう」

「……あの、ヴィクトールさんたちに連絡して、迎えに来てもらうのは?」

ここは素直に大人を頼ったほうがいいのではないかと思ったが、雪路はそれには答えなかった。パンツが汚れるのも気にせずにその場にどかりと座り込む。

杏もそっと隣に屈み込んだ。雪路は胡座《あぐら》をかいていたので、濡れたスニーカーの裏が杏の目に映った。潰《つぶ》れた落葉の屑《くず》がこびり付いていた。大きな靴だと杏は思った。自分とは違う。何センチだろう。二十七か、八か。

そんなことを考えながら杏はバッグの中に手を入れ、スマホを取り出した。仏頂面《ぶっちょうづら》でこちらの動作を目で追っていた雪路の顔が、「やめておけ」と訴えるように歪《ゆが》む。嫌な予感がしたが、杏はかまわずスマホに指を滑らせた。まさかの圏外《けんがい》だった。

「……。雨凄《すご》いもんね。雨の日って、電波が悪くなるもんね」

そうに違いない。それだけだ。

杏は自分に言い聞かせてから、スマホをバッグに戻した。なるほど、雪路はこの可能性を考えて、スマホを触ろうとしなかったのか。賢明だ。そう感心していたら、雪路が気怠《けだる》く頬杖をついて、眉間《みけん》の皺《しわ》を深めた。苛《いら》ついているようだ。

学校や工房で話す機会が増えるにつれ、雪路は「気遣いのできる親切な男の子」から「親切だけれど時々辛辣《しんらつ》な発言もする男の子」に変わっていった。たぶん赤の他人相手だからこそ発揮されていた義務的な気遣いがなくなって、気安い友人カテゴリーに入ったためだろう。

自分も、以前より少し変わっているのだろうか。

「……杏はさあ、ヴィクトールにはなんでも話すよね」

予想外の話題転換に、杏は戸惑った。

「趣味悪い。よりによってヴィクトールに懐《なつ》くなんて。あいつのとんでもない交際遍歴暴露《へんれきばくろ》してやりてえ」

杏は慌てふためいた。その言い方だと、ヴィクトールはよほど爛《ただ》れた交際をしてきたように聞こえる。にしても雪路は知っているのか、ヴィクトールの過去の恋愛事情を。

「知らねえ間に付き合ってたことになってた見覚えのない女性が複数存在するわ、仕事で関わった相手から契約書の代わりに結婚届書かされそうになるわ……そもそも椅子しか優先しないだろ、あいつ」

「てっきり、来る者拒《こば》まずみたいな感じでとっかえひっかえしていたっていう話をされると思ったら。想像していた恋愛遍歴と全然違った。そういう意味でのとんでもなさかあ……」

「とっかえひっかえだろうが。知らねえ間に、名前も知らねえ女性を多数」

「これ怖い話だったりする？」

現実にそんな目に遭う人がいる、という事実に痺《しび》れる。

ヴィクトールが人類嫌いになったのは、そういう過去のアレコレが原因なのか。それとも、人類嫌いなことと、恋愛事情はまた別の問題？

「あの顔に騙《だま》されたらだめだ。頭の中に詰まってんのは椅子への欲望だけだからな」

雪路が真面目《まじめ》にそう諭《さと》すので杏は噴き出した。冗談を言ったわけではなく、本気の発言だとわかるところもまた面白い。

「俺にだって、なんでも話してくれていいんですよ」

どうやらこれが本題のようだ。

「俺はけっこう杏に色々話していると思うんですけど」

「うん。じゃあ、なにかあったら相談する。というか雪路君て、ヴィクトールさんとは付き合いが長いの？」

気になって尋ねると、雪路はむっとした。

「……そうでもないけど、そこそこ」

「どっち」

「俺の親戚《しんせき》が、あいつの身内の友人だったたっていうだけ。だから全っ然仲良くなんてないです。特別な交流もないです」

仲良くないと強調されてしまった。

だがこれで、ヴィクトールに対する雪路のフレンドリーさに納得がいった。

「……本当、よりによってヴィクトールなんだもんな」

顔に「むかつく」とはっきり書きながら、雪路が吐き捨てる。

杏は、反応に困って曖昧《あいまい》な表情を浮かべた。

「世の中はままならないことばかりでできてんのかよ。成長したら世界が広がるなんて嘘だ。今まで見えていなかった社会の理不尽に気付かされるだけなんだ」

「急に壮大な話になった……」

「おかげで俺は、大雨程度に大人が足止めされるっていう現実とも向き合わなきゃならなくなった。こっちが褒《ほ》めるまで、無駄に仕事できます苦労もしてますアピールをされ続けるっていうどうしようもねえ現実ともだ」

雪路が苛立ちを見せながらも、こちらに対してはできる限り優しくしようと苦心しているのがわかる。杏はそのことにじゅうぶん感謝をしていた。

「そんなどうでもいい見栄をはるから、やべえ幽霊にもつきまとわれるんだよ。俺たちを巻き込むなっての」

勢いのままについそう締めくくってしまったのだろう。杏もうんうんとうなずいていたが、最後の言葉にぎょっとした。

そのタイミングで、どこかから、かすかに扉の開閉音が聞こえた。

杏と雪路は同時に出入り口のほうへ顔を向けたが、ガラス戸が動く様子はなかった。もちろん、誰も出入りしていない。ガラス戸の向こうは夜に沈み、真っ暗だ。雨音も届かない。

「……作業員だよな?」

「うん」

恐る恐るの問いに、杏は肯定《こうてい》したが、心の中では疑っていた。それが悪かったのか、誰かの足音……ブーツの踵が床を打つような音がやはりかすかに聞こえてきた。

「……杏、俺は今、全身に天空の恩恵を浴びたくてたまらないんだ」

雪路が急に奇怪な発言をした。

杏はその意図を正確に読み取った。つまり、ホラー現象をこれ以上味わうくらいなら外に出て雨に濡れたほうがまし、と言いたいのだろう。杏もその覚悟を決めた。

雪路が当たり前のように杏の手首を握り、兵士のように精悍《せいかん》な顔つきで出入り口のガラス戸のほうへ向かう。しかし、必ずここから脱出してやるという意気はすぐさま砕《くだ》かれた。戸の向こう側の暗闇に、ゆらゆらとゆらめく人影のようなものが見えた。

「ごめん、やっぱ空とはひとつになれねえ」

手のひら返しが早すぎるが、同感だ。

杏たちはガラス戸を見つめ、戦慄《せんりつ》の表情を浮かべながらじりじりと後退した。べたり、と誰かの手が、外側からガラス戸に張り付いた。

それを見て杏たちは飛び上がった。くるりと方向転換し、競歩のような速さで非常階段のほうへ逃げる。

「なんなのあれ、マジなんだよ、ふざけんなよ」

雪路が呪いのように呻く。

杏は雪路の腕にしがみ付くようにして階段を上がりながら、ずっと腹の底に溜まっていた言葉をここで解き放つことに決めた。今なら言えるとなぜか思った。

「私っ、夏に！　花火大会の日に、『TSUKURA』のお店に立ち寄ったんだけど！　その時っ、幽霊じゃなくて、大人の男性にっ、ガムテープで！　拘束《こうそく》されて！」

「はあっ⁉」

「殺されるかと思ったあっ！」

「はああっ⁉」

雪路が階段の途中で止まり、目を剝《む》いた。

その瞬間、突然、館内のライトが落ちた。杏たちは再び「ぎえっ」と飛び上がり、足を動かした。

壁際の手すりのそばにある青白い非常灯に意識を取られたせいで、杏は段に躓《つまず》きそうになった。とっさに雪路の腕に縋《すが》り付《つ》けば、彼は杏の手を取って、階段をぐんっと力強く飛び上がった。

「だから、親しみのない人に、真上から、見下ろされるの、嫌かも！　怒鳴られるのも、苦手でっ」

「ちょっ、そういう……！」

今度は雪路のほうがつんのめりそうになったので、杏は彼の腕を摑み直して、残り数段を駆け上がった。

「あと！　雪路君のこと、頼りになると思ってるから！　悩みに、答えをくれるのはっ、ヴィクトールさんだけど！　私と一緒に走って逃げてくれるのは、雪路君だよ！」

「今言うことかよ！」

段を上がり切ってから、杏はきつく彼の両腕を握って向き合った。

「それと！　単純にトラウマってだけじゃなくて、喫茶店でもさっき、なにかに気持ちが引きずられているみたいに、大人の男性にわけのわからない嫌悪感を持ったんだよね！」

「今言うなよ‼」

「それで！　一階分しか上がっていないはずなのに、ここ、三階じゃない⁉　足の疲労度も一階分とは思えないし！」

「だから、言うタイミング考えろよ！」

雪路がこらえ切れない様子で叫んだ時、階下でかすかな物音が聞こえた。

杏たちはぴたっと黙り込んだ。頼れるものが青白く光る非常灯しかない中で、一人になってはたまらない。命綱のように互いの手を強く握り、通路へと走る。通路の逆側には、館内スタッフ専用の小さなエレベーターが設けられているはずだった。

そちら側に回って外へ脱出できれば言うことなし。おそらく雪路も同様のことを考えたのだろう。声に出さずとも二人の足は合っていた。

けれども、薄暗い通路のあちこちには鉄筋やブロック等の不要な資材の類《たぐ》いが散乱していて、全力疾走《しっそう》できない。雨が降ったせいで空気も湿っぽく、震えがくるほど冷えている。気分は最悪だった。ホラースポットにある廃マンションの中をさまよっているかのようだ。

それでも杏たちは確かに通路の端まで来たはずだった。空間にゆとりはあるが、そう入り組んだ作りのセンターではない。そのはずなのに。

杏たちは茫然とした。

どうしてなのか、駆け込んだ先は、三階にある図書室だった。

気がつけば図書室に来ているだなんて、こんなの、どう考えてもホラー現象だ。

だからもちろんのこと、杏と雪路は「決して室内には入るまい」と、ネガティブな情熱を燃やして抵抗した。見知らぬ怪異からの強引なお招きには応じてはいけないと、女子高生条例でも固く禁じられている。

杏たちは、少しの迷いもなく来た道を引き返した。

しかし、いったいどういうトリックだろうか。湿った臭《にお》いの充満する通路の中央に、ほんの少し前に通過した時にはなかったはずの、背もたれの一部が破損しているチャーチチェアがこれ見よがしに置かれている。おかげで杏たちは、心理的にも物理的にもその場に足止めされた。

青白いどころか青黒くさえ見える非常灯の澱《よど》んだ光を受けて、チェアは薄ぼんやりとそこに浮かび上がっている。それがまた、いかにもホラー現象の開幕ですよといった具合に禍々《まがまが》しい雰囲気を盛り上げてくれる。

極めつけは、どこからか聞こえてくる、ぴしっぱきっという家鳴りの音。

何度も自分の目と正気を疑う杏の横で、雪路が、「こんなに堂々とした霊障による妨害《ぼうがい》、あるかよ」と、弱々しくつぶやいた。

「いや、最初からそこにチェア、あったよ、たぶん。通路はかなり薄暗いし廃材《はいざい》だってあんなに乱雑に置かれているんだもの、気付かないで通り過ぎることもあるって」

雪路の言葉に激しく同意したくなる欲求をこらえて、杏は熱弁を振るった。

かなり無理のある主張だとはわかっている。が、心の安寧《あんねい》を守るためにも、「さっきは単純に見過ごしただけだ」という穏便な着地点に落ち着きたい。

強張《こわば》る頰の筋肉に命令を下して作り笑いまで浮かべたというのに、雪路はそんな杏の努力を冷たく一蹴《いっしゅう》した。

「いくら暗くて視界が悪いからって、見過ごすわけないだろ。ああも不気味なブツが通路のど真ん中にあんだぞ」

「……さっきは二人ともすごく混乱していたでしょ。意識の外にあったんだよ！」

そう、たとえそこに存在していようとも、認識できていなかったのなら、ないのと同じ。

「それを言うなら今だって死ぬほどパニック中だけど。つうかアレ、日中に俺が座った壊れかけのやべえチェアじゃん。どんだけパニックになっていようと、目にとまらないわけないわ」

この場で常識的な意見を披露《ひろう》する雪路に、杏は少しばかり苛立《いらだ》った。現在進行形で非常識な光景を見ているのだから、思考だって多少非常識になってもいいじゃないか。

「昨今の椅子は自力歩行型だよ。気ままに散歩でもしてるんじゃないの？」

「あれはどう見ても昨今のもんじゃなくて、数十年は経《た》っているようなヴィンテージ品だろ。そもそも自力で歩く椅子ってなんだよ」

んもう！　理屈っぽいな！　これだから年頃の男の子って面倒だ。

杏は心の中で詰《なじ》りながらも、諦観《ていかん》の表情を浮かべ始めた雪路の手をしっかりと握った。この程度のホラー現象に負けてたまるものか。

（勇気を出す時だ。雪路君を引っ張って、何事もなくあの椅子の横を通り抜けてやる！）

だが、力強く一歩を踏み出した瞬間に、杏は、ばきっと心を叩き折られた。線香花火よりも儚《はかな》い勇気だった。

ぱたぱたぱたと、裸足《はだし》で通路を歩き回っているかのような、不可解な音が聞こえてくる。それも複数。徐々にこちらへ近づいてきている。

全身が氷と化した杏の手を、雪路が握り返した。

「腹をくくるしかねえわ、これ」

結局、勇気を振り絞《しぼ》って行動を起こしたのは、雪路のほうだ。

迫《せま》り来る足音から逃《のが》れるために、杏たちは否応無《いやおうな》しに図書室へと駆け込むはめになった。

図書室も、メインの照明は死んでいた。

ただし、室内には充電式のタッチライトが備え付けられており、これがまだ使用可能だった。室内全体に明かりを行き渡らせるほどの光量はなくとも、互いの姿ははっきりと見て取れる。

不吉な足音に誘導されて入室したも同然の状況だが、一見する限りでは、午後に訪れた時となにも変わっていない。室内は、本棚が並ぶ所蔵スペースと閲覧《えつらん》スペースに二分されている。

「……杏にはさ、これまでに何度も恐怖のお裾《すそ》分《わ》けをされてきただろ。たまには俺もお返ししないとな」

雪路が急に不穏な発言をした。

「私、そんな非情な真似をした覚えなんかないのに、雪路君ひどい！」

杏はせいぜい演技して、か弱く震えてみせた。でも、半分は演技なんかじゃなかった。

雪路は、なにもないはずの場所をひたすら見つめる猫のように、閲覧スペース側のとある一点を凝視《ぎょうし》している。そこになにがあるというのか。

（そっちを絶対に見たくない……見るもんか……）

心の中で抵抗し、顔を背《そむ》ける杏のデニムジャケットの袖《そで》を、雪路は「なあ、なあって」と、しつこく引っ張った。意地でも恐怖の道連れにしてやるという気迫を感じた。

「壁際に意味深な雰囲気で転がっているあのチャーチチェアさ……、通路にあったやつじゃね？　背もたれ部分の欠け方、間違いなく同一なんだけど。どういうことなんだよ」

「昨今の椅子は、瞬間移動もお手の物なんだよ」

「そうか。椅子のくせに、人間よりもハイテクなわざを身に付けやがって」

ありがたいことに、今度は雪路も常識を忘れてくれた。

「でもなんで、他のチャーチチェアまで見事に全部、こっち向きに置かれているんだろうな」

「……えっ。…………さあ」

閲覧スペース側には、複数の長テーブルとチェアが置かれている。どれも揃《そろ》いのチャーチチェアだ。

観念して、そちら側に嫌々目を向ければ、確かにどのチェアも、ちょっと体を捻《ひね》ってこちらを振り向いた、とでもいうように杏たちのほうを向いている。

（最近のポルターガイストって、おもてなし精神を持ちすぎじゃない？）

気付くか気付かないかのラインにあるその微妙なさじ加減に、濃厚な悪意を感じずにはいられない。

杏たちは当然、それらの異様なチャーチチェアから少しでも距離を取るべく、書棚スペース側へ移動した。

ナチュラルカラーの木製の書棚は、一定の間隔で設置されている。壁際にもある。杏たちは、いざという時に逃げやすいようにと、隅のほうではなく中央に並ぶ棚の間に逃げ込んだ。棚同士の間隔は狭《せま》い。大人が並んで立てる程度の幅《はば》だろうか。

示し合わせたわけではなかったが、二人とも、それぞれの背後側の書棚に軽く寄りかかった。大きな溜め息が漏れる。肉体的にというよりは精神的な疲労が強く、自然と俯き加減になる。

「もうさあ、これって俺たちがなんらかのノルマをクリアしなきゃ、ここから出らんないやつだよな？　リアルホラーの実況者かよ。どうやって動画配信しろってんだ」

「ノルマとか言うの、やめて……」

杏は力なく反論しながらも、内心では「そうなんだろうな」と、彼の言葉を肯定した。

「センター内に潜《ひそ》んでいた地縛霊《じばくれい》だか悪霊だかわからんやつに、不運にも目を付けられたとしてだ。ただ俺たちを嬲《なぶ》って取り殺すつもりなら、手間隙かけてわざわざ誘導なんかしないと思うんだよ。ということは、ここで俺たちになにかをさせたいのか？　いや、図書室まで導かれたことを考えると、なにかを読ませるか、見せたいとか？」

雪路がしかめっ面《つら》をして、ぶつぶつと考察に没入《ぼっにゅう》する。

（幽霊にも色んなタイプがいるんだなあ。自分の骨を探させようとしたり、恋を成就《じょうじゅ》させたがったり、ホラーゲーム的になにかを探索させたがったり……）

杏は半《なか》ば現実逃避しながらも、書棚に視線をやった。まだ本が数多く残っている。

「映画とかだと、本のページの間に重要なヒントが挟《はさ》まっていたりするよね」

杏は思いつきを口にし、虫食いのように所々に空《あ》きのある書棚の本に手を伸ばした。黒い表紙を確認すると、かすれた金文字で宇里川《うりがわ》町文化史目録と記されている。シリーズであるらしく、ナンバーもふられていた。郷土資料集だ。

「今日の午後から気になっていたんだけど、杏の映画に対するその信頼はなんなの？」

考察中の雪路が胡乱《うろん》げに杏を見た。

「最近、知り合いからよく映画をオススメされるんだ。それで、観る機会が多くて」

「その知り合いって、ヴィクトールのことじゃないよな？　もしかして武史《たけし》君？　あの人、ロマンチックな映画が好きなんだよな。なんだっけ、『魔法にかけられて』って題名のやつをこの間、奥さんと一緒に観たって聞いたわ。……あれ、『美女と野獣』だったかな？」

「ヴィクトールさんでも室井さんでもないよ。エレガントなレプリカのカクトワールと角砂糖入りのムーミンママのバッグが似合う男性と、この前、友達になったんだ。その人が、映画とか演劇に詳《くわ》しくて。でもなんか、いわゆるB級的っていうか、マニアックな古い映画ばかりオススメしてくるんだよね……ボクシングする巨大エビの映画とか、ゾンビと恋仲になる映画とか」

「ぶっ飛んだ情報を混ぜすぎだろ。って、誰だそいつ」

「芸術家っぽくて恰好《かっこう》いい人。恋人持ちだけど」

恋人というか、恋チェアだが。

芸術家風の恰好いい人――小林春馬《こばやしはるま》は、室井の友人の息子だ。秋の深まる少し前に知り合った。彼は対物性愛者で、両親がかつて手がけたレプリカのカクトワールを愛しているのだと、杏に打ち明けたことがある。

その特殊な愛情に理解を示したこともあってか、春馬の中で杏への好感度が上がったらしく、時々メッセージを送り合う仲になった。もちろん互いの間に、色恋沙汰《ざた》は存在しない。

「杏の交友関係って、どうなってんだ。……こら、聞いてんの？」

「大丈夫、怪しい人じゃないよ。室井さんとも知り合いで、身元も確かだし――」

杏は適当にあしらいながら、宇里川町文化史目録Ⅰを手に取り、ページを開いた。

文化史目録Ⅰは、開いてすぐのページに古い地図や崩し字のような文章を挟んだ画質の悪い伝承資料のコピーが束《たば》ねられていて、それらの概略が前書きの中に加えられていた。次章からはざっくりとした町の沿革や特色、主となる地域産業についてで、後半はコラム的な民俗史と参考文献などがまとめられている。

まあ、よくある構成の郷土史だろう。歴史家以外の人間がページをめくればたちまちおやすみができる、睡眠マジックがかけられたタイプの。そうでなくてもこの薄暗さで、この状況だ。歴史家ではない杏は、とても読む気にはなれない。文化史目録Ⅰを棚に戻し、次を取ってはまた戻し、という動作を杏は繰り返した。

なぜか文化史目録はⅣ以降が欠けていて、ぽつんとXだけがある。おまけにそのXは、正確には本ではなく分厚いファイルだった。表紙が他のナンバーと酷似《こくじ》した同サイズの黒い装幀《そうてい》だったために、手に取るまでは気付かなかったのだ。

「……おっ、なんか踏んだ。これ、万年筆か？」

身を屈めてなにかを拾う雪路に一割、閲覧スペース側に五割、そしてこのファイルに二割、残りは今も喫茶店にいるだろうヴィクトールたちに……というように、意識がてんでばらばらな方向に引っ張られていたため、半透明のポケットファイルにぎちっと押し込まれていた写真が示す景色を、杏は、とっさには理解できなかった。

ファイル全体が分厚かったのは、リフィルの大半に写真がぎゅうぎゅう詰めにされていたせいだ。そんなどうでもいい情報に思考が流れる。

集中力をかき集め、リフィルの写真に杏は目を凝《こ》らした。その内容をやっと把握《はあく》した瞬間、電流のような強い感情が全身を駆け巡《めぐ》った。たとえるなら、大量の羽虫がざあっと礫《つぶて》のように全身にぶつかったみたいな。どうにもしがたい嫌悪と絶望感に苛《さいな》まれる。

杏は炎に触れたかのような勢いで、ファイルから勢いよく両手を離した。ファイルは音を立てて床に落下した。

ぎっちりと詰め込まれていた大量の写真を、ファイルが嘔吐《おうと》でもするように床に吐き出す。物音に驚いた雪路が肩をゆらして杏を見上げ、次いで床に広がる写真に視線を落とした。

「……あ？　なにこれ？　……子どもの写真？」

　雪路は床に膝をつくと、困惑の表情を浮かべて写真を眺めた。

　杏はもうまともに写真を見る気にはなれなかった。自分よりも下の位置にきた雪路のつむじに視線を逃がす。けれども、さっきまであちこちに放浪していただらしない意識は、ここへきて急に鋭く研《と》ぎ澄まされ、脳裏にはっきりと写真の内容を浮かび上がらせる。

　被写体は、小学生から中学生あたりまでの男女だ。文化センター内での撮影《さつえい》と思われる。祈りの間での撮影もあるようだった。人物の背後の壁に、十字架がかかっていた。

　他は、図書室で椅子に座っていたり、横一列に整列したりしているものもあった。マットの上で折り重なっている写真もあった。調理室で撮影されたものもあった気がする。それは夏の撮影だったのか、薄水色の送風機がいくつも置かれていた。瓶詰《びんづ》めのハーブの瓶や盥《たらい》、管が並ぶ調理台の前で少年少女が立ち尽くしていた。彼らが笑っているものは一枚もなかった。いずれにせよモデルの児童は例外なく全裸だった。

　目の奥がばちばちする。ふいに立っていられなくなり、杏は片腕で顔を覆《おお》ってその場にずるずると座り込んだ。虚脱感が凄《すさ》まじい。自分の心臓が重く響き、やがて潮騒《しおさい》に変わる。音は耳のそばで聞こえた。繰り返し深呼吸をして、身体の緊張をやわらげた。

　不自然に黙り込んでいる雪路の反応がふと気になり、杏は顔を上げた。一枚だけ少し離れた位置まで飛んでいた写真が目の端に映る。薄暗がりの中でも、そのセピア色の写真が特別に古いものだと気付かされる。導かれるようにして手に取れば、それはどこかの外国の教会で撮影された少年の写真だった。やはり全裸で椅子に座っており、強張った顔を晒《さら》していた。

その一枚のみが海外の子で、カラー写真のほうはすべて日本の児童だったが、それ以外は妙に酷似した雰囲気が漂《ただよ》っている。

恐ろしいのは、どれも明らかに素人《しろうと》撮影であることだ。それが意味するところは。

雪路が静かに写真を集めてファイルに戻し、固まっている杏の手からも古い写真を抜き取った。それも丁寧にしまって、ファイルを閉じる。

「……杏、たぶんこれ、見ちゃいけねえ類《たぐ》いのもんだわ」

困ったように微笑《ほほえ》んで、雪路が言った。杏は肩の力を抜いて、「うん」と答えた。

「でも、放置もできねえ気がする。あとでヴィクトールと小椋《おぐら》さんに渡そ」

「うん。そうだよね」

渡す相手を選別する発言だったが、杏はしっかりうなずいた。

喫茶店に戻れば、米倉《よねくら》や湯沢《ゆざわ》など他にも大人がいるけれども、信頼できるのはやっぱり「ツクラ」の人たちだ。

杏は、上部よりもさらに隙間の多い下部の書棚を、ぼうっと見つめながら考えた。

――おそらく自分と雪路は、センター内で目撃した幽霊の子どもたちにターゲットにされた。

これらの写真を発見してもらうためだろう。

他の大人たちではだめで、杏と雪路でなければならなかった。その理由は……、自分たちはまだ彼らと同じ「子ども」の範疇《はんちゅう》だからじゃないだろうか。

大人である湯沢たちに対して、杏が誰かと共鳴したかのように抱《いだ》かされた強烈な嫌悪感も、これに起因するのではないか。いや、だとすると……。

脳裏《のうり》に湧いた憶測《おくそく》を雪路に伝えようとした時、ふっと視界の端になにかが映った。

杏は眉をひそめて顔をそちらに――書棚の下部に向け、ひゅっと息を呑《の》んだ。

どの書棚も、反対側からも本を出し入れできるよう、背板が設《もう》けられていない。

そして杏の横手にある書棚は、上部には本がそこそこ詰まっていたが、下部にはほとんど残っていない。そのため、向こう側の景色がうかがえる。

下部の棚には、本の代わりとでもいうように、子どもの顔がみっちりと並んでいた。

男の子も女の子もいた。間違いなく、「全員」と目が合った。杏はそう確信した。それは子どもたちのほうも同様らしかった。全員が一斉《いっせい》に、ぱかっと口を開けた。

杏は悲鳴を上げたつもりだったが、実際にはまったく声が出ていなかった。

こちらの異様な態度に気付いた雪路が、視線を棚の下部に向けた瞬間、「あ……!?」と、かすれた声を漏らした。反射的に立ち上がろうとして自身の背後側の棚に肩をぶつけ、その勢いで再びがくっと座り込んでしまう。その時に、持ったままのファイルも落としていた。

杏は慌てて声をかけようとして、再び悲鳴を飲み込んだ。

雪路側の書棚、本の隙間からも、子どもがすし詰め状態になってこちらを覗いていた。子どもたちはこちら側に移動したいらしく、ぐりぐりと頭を動かしていた。顔の体操のように、お、う、お、えええ、と大きく口を動かしている。餌《えさ》を求める鯉《こい》の口を連想して、杏は胸が悪くなった。

彼らの口から、唾液《だえき》にまみれた黒い土のようなものがどろっと落ちる。すると、えずきそうになるほどの強烈な腐臭《ふしゅう》があたりに立ち込めた。

無理やりにこちら側へ来ようとしているせいで、互いの頭がゴチゴチとぶつかっている。頬同士がこすれ、腐肉がちぎれてしまう子もいた。隙間なんてないのに、それでも互いの顔の間から手足を無理やり出そうとする子もいた。

彼らの手のひとつが杏に届く前に、雪路に体を引っ張られた。彼は抱《かか》え込《こ》むようにして杏の身を自分の腕の中に閉じ込めた。力の加減を忘れているらしく、杏は彼の腕の中で窒息《ちっそく》しそうになったが、ちっとも不満はなかった。恐怖に呑まれながらも雪路は、杏を守ろうとしている。

それなら、自分も雪路を守らなければ。

(塩！ ……は、バッグの中じゃん！ バッグどこ行った！)

雪路の腕の中から視線を巡らせば、ファイルから手を離した時にそれも落としてしまったのか、数歩離れた位置に転がっている。雪路のバッグもそこにあった。引き寄せたいが、ちょうどバッグの上に頭の半分を出している子がいたため、そちらに手を伸ばすのはためらわれた。

どうしよう、と心の中で何十回も念仏のように唱《とな》え続《つづ》け、ついに杏は自棄《やけ》を起こした。

(もうこれしか、お供《そな》え物代わりになるものがない！)

そう、雫に渡さなかった分の、銀色のフィンガーチョコだ。

杏は、雪路の腕の中から勢いよく顔を上げ、身を捻った。

雪路がぎょっとして腕の力をゆるめた。

「おい、杏、動くなよ！」

「お供え物を渡すから、襲ってこないで！　どうぞ‼」

杏はジャンパースカートのポケットに手を突っ込み、くだんのブツを取り出すと、書棚の下部めがけて力いっぱいぶん投げた。銀色の包みのフィンガーチョコ数個が、ぽこぽこっと間抜けな軽い音を立てて書棚の枠《わく》に衝突《しょうとつ》する。

一拍の沈黙後、額にぶわっと汗を浮かべた雪路から、「こんな危機を前にして、ほんとなにやってんの⁉」という驚愕《きょうがく》の視線を向けられた。恐慌状態に陥《おちい》って理性が沸騰《ふっとう》していた杏自身も、わずか数個のフィンガーチョコが供物《くもつ》って、ないよな、と少し冷静になった。

霊を鎮《しず》めるどころかいっそう怒らせたかもしれない。が、すでにやらかしたあとだ。

新たな恐怖の襲来におののく杏たちだったが、予想外の事態が発生した。

こちら側への移動を目論《もくろ》んでいた幽霊の子どもたちの目が、フィンガーチョコを捉《とら》えた瞬間、恐怖で激しく歪《ゆが》んだ。お供え物を受け取ったという反応ではない。まるで凶器でも向けられたかのような恐れ方だ。

おおうあおうええええ。口角が裂けるほどに幽霊たちが絶叫した。一斉に逃げ出そうとし、書棚をゆらがせる。敵の牙から死に物狂いで逃れようとする哀れな獣《けもの》のあがきを、杏は無意識に連想した。そのくらいの激しい暴れ方だった。設置されている書棚は頑丈《がんじょう》な作りだが、これだけ乱暴にゆらされたらさすがに転倒しかねない。

杏たちは、幽霊たちの過剰《かじょう》な反応を前にして別の恐怖に襲われ、互いにぎゅっとしがみついて目を瞑《つぶ》った。棚に残っていた本が落下する重い音が耳に届いた。ばさばさ、などという軽妙な落下音ではない。一冊や二冊程度ならともかくも、一気に落下すれば、棚の振動音と合わさって、どおおっという雪崩《なだれ》のような轟音《ごうおん》になる。

だが、ふいにぴたっと音が止んだ。

耳鳴りがするくらいの静寂が戻ってくる。

杏たちはゆっくりと顔を上げ、おずおずと視線を合わせた。互いに「生きてる？　よな」と、確認し合ってから、周囲に目を配る。

幽霊の子どもたちは、跡形もなく消えていた。

「……杏のチョコ、攻撃力高すぎねえ？　時代は清めの塩よりチョコなのか」

雪路が茫然とつぶやいた。ブツを投げ付けた杏本人ですらここまでの効果は期待していなかったが、ひとまず危機は去ったと考えていいのだろうか。

「……チョコは、宇宙を孕むから。きっと最強のアイテムなんだよ」

「マジかよ……」

フィンガーチョコの秘められしパワーに思いを馳《は》せたのはわずかな時間だけで、雪路が我に返った様子で立ち上がる。腰が抜けていた杏のことも無理やり立たせる。

「宇宙パワーが消える前に、脱出しようぜ」

雪路に引っ張られながら、落葉のごとく本が散乱している書棚の間を通り抜け、閲覧スペースも突っ切る。……だからなぜ、チャーチチェアの向きが今度はすべて、ドア側を向いているのか。トラップみたいに地味なホラー現象を仕込むの、本当に遠慮してほしい。

「待って、バッグ！　忘れてる‼」

杏が、はたと気付いて叫ぶと、雪路はたたらを踏んで立ち止まり、引き返した。彼はその間もこちらの腕を摑んだままだったので、強制的に杏も方向転換させられ、転倒しかけた。

雪路は本の下で潰《つぶ》れていた二人分のバッグをひったくるようにして摑むと、またドア側へと急いだ。ぐるんぐるんと向きを変えられ、杏は何度も足を縺《もつ》れさせた。

（あー！　写真のファイルも！）

それも置き去りのままだと遅れて気付くも、さすがにもう引き返してと頼む気にはなれない。

雪路はほとんどドアを蹴破《けやぶ》る勢いで開け放ち、通路へ飛び出した。

（力加減と、歩幅！）

無理やり引っ張られているせいで、うまく走れない。

青白い光に照らされた通路の中央からは、やはりというか、あの不気味なチャーチチェアの姿が消えていた。「おちょくってんのかよ、くそお」と、雪路が小声で呻くのを杏は聞いた。

二人して覚束《おぼつか》ない足取りで通路を進んでいると、後方から、ガタンとなにかが動く音が聞こえた。

杏たちは立ち止まり、反射的に振り向いた。

向こう側の通路の奥には、館内スタッフ専用のエレベーターがある。廃材の撤去作業は終了していないので、エレベーターもまだ生きているはずだった。なら、そちらへ逃げるべきだったのだろうが、チャーチチェアの消失を確認したために、杏たちはついそのまま非常階段側を目指してしまった。が、それで正解だったらしい。

繰り返すが通路は薄暗い。非常灯のおかげで、かろうじて足元が見える程度だ。が、エレベーターの上部にだって非常灯が取り付けられている。それがいきなり点滅した。

錆《さ》びたブランコを思わせる軋《きし》んだ上昇音、そして停止音。

杏たちは息を止めた。エレベーターの扉が、やけにのろのろとした動作で左右に開かれる。

そこから、黒い人影がぬらりと現れた。こちらの存在に気付いてか、動きを止めている。

無言でガッと手を取り合うと、杏たちは一目散《いちもくさん》に逃げた。

静まり返る館内に、二人の足音が響く。いや、二人のぶんだけじゃない。もっとある。三人分、四人分、五人分。自分の足音と見分けがつかなくなる。タタタタ、タンタン、コツコツ。なんて不吉なタルトタタン行進曲だろう。

杏は怒りと恐怖に交互に心を殴られ、鼻の奥がジンとした。

「くそっ、こんなん、ボーナス多めにつけてもらわなきゃ、割に合わねえ！」

通路の障害物に足を取られて転倒しかけた雪路が、耐えかねたように怒りを爆発させた。

「高いとこの焼き肉、絶対ヴィクトールに奢《おご》らせるかんな！」

心をこめて賛同したかったが、歯を食いしばっていないと集中力が途切れ、倒れてしまいそうだ。

杏たちは非常階段を通って一階までおりるつもりでいた。が、階下から迫る複数の足音に気圧され、二階の通路へ進路変更を余儀《よぎ》なくされた。

その後はしばらく、追ってくる足音を回避するために、ぐるぐると無駄に走らされた。杏は次第に回し車の中を走っているような気分になった。来世でもし海賊《かいぞく》にはなれなかったとしても、きっと素敵なハムスターにはなれるに違いなかった。

たぶん三回くらいは突っ切った二階研究室横の細いスロープを駆け抜け、今度こそ一階の出入り口から脱出できると信じて調理室前の通路を右へ折れた時、真っ黒い二つの人影と杏たちは鉢合《はちあ》わせした。背丈《せたけ》からして、エレベーターの黒い影とはまた別だった。

「うわっ！」

「ぎゃあああっ‼」

驚きの声を上げたのは雪路で、もうひとつの渾身の叫びを迸《ほとばし》らせたのは、もちろん杏ではない。鉢合わせした人影の片割れだ。

「なっなになに誰っ⁉　ほらヴィクトールの出番だろ変人パワーで倒せよほら‼　……って杏ちゃんと雪路君かよ、驚かせんなっつの‼　いや全然驚いてはないけど⁉　えっなになに、なんでそんな俺をお化け扱《あつか》いしてるような目で見んの？　怖いんだけどやめてくれないか⁉」

自分よりもおおげさに怖がる人間を見ると逆に冷静になってくる、という説は本当らしい。

杏と雪路はゆるゆると脱力し、大きな溜め息とともにその場に座り込んだ。

出くわした二つの人影の正体は、星川《ほしかわ》とヴィクトールだった。

「なんでいきなり疲れ切ってんだよ！　つかおまえたちってば、勝手にこんなとこまで来ちゃって！　探しに来た親切な仁《じん》兄さんに感謝しながら説明しろ。やっ、でも待て、本当に不吉な予感しかしねえな。怖い要素がもしも多量に含まれるなら、その部分はカットして当たり障《さわ》りなく説明しろ！」

星川が軟弱《なんじゃく》な要求をする。ディレクターズカット版で一連の出来事を説明してやりたい。

彼の隣にいるヴィクトールは、濁《にご》り切った目で星川を一瞥すると、床に力なく座る杏たちのほうを向いた。身を屈め、杏たちをじろじろと眺め回したのち、遠慮なく顔をしかめる。

「電話にも出ず、心配かけるような勝手な行動を取ったことを、叱《しか》らなきゃいけないわけだが、……なにがあったのか、確かにあまり説明を聞きたくないな」

杏も雪路も、ヴィクトールのその発言に力なく首を振った。星川が顔を引きつらせた。

「あー……、俺たち助かったのか。今なら俺、探しに来てくれたヴィクトールに惚《ほ》れてもいい……」

雪路は、安堵《あんど》するあまり妙な感動に襲われたらしく、ヴィクトールの肩に腕を伸ばし、もたれかかった。

しかし優しさと思いやりが三日月《みかづき》の形みたいにごっそりと抉《えぐ》られているヴィクトールは、「うわ、重い。汗かきすぎ」と、露骨に嫌そうな顔をして、自分にくっつく雪路を冷たく見下ろした。……杏は、ヴィクトールにも、自分たちが体験した強烈なホラー現象をディレクターズカット版で丁寧に説明してやりたくなった。

「この無慈悲《むじひ》発言、マジむかつく……けど、ここでヴィクトールが、『どうしたの雪路、俺がいるからもう大丈夫だよ』なんて優しく気遣《きづか》ってくれるほうがありえないし絶対ニセモノだから、すげえ安心もする……」

「わかる……」

杏が雪路の発言を支持すると、ヴィクトールから人類を呪《のろ》うようなドブ色の視線を頂戴《ちょうだい》した。

この反応は間違いなくヴィクトール本人だ。幽霊じゃない。

先ほどまでおののいていたくせに、星川が悪い笑みを浮かべてヴィクトールを見ている。だが、杏と目が合うと、すっと視線を逃がした。

「そうだ、バッグに、塩……。念のために、塩を体に振りかけとこ……」

杏は幽霊撃退必須アイテムの塩の存在を思い出し、もたもたとバッグに手を入れた。

「杏ちゃん、その言葉だけでなにがあったのか、だいたいわかっちゃっただろうが！　自分の発言にもっと気をつけてくれねえ⁉」

両腕で自分を抱きしめながら騒ぐ星川を無視して、塩を取り出そうとした杏は、その途中で動きを止めた。

入れた覚えのない写真が二枚、バッグに入っている。

図書室で雪路がファイルを落とした時に、偶然入り込んだ？　――そんなできすぎた偶然、あるわけがない。だがあの時、床に転がっていた杏のバッグの上に、棚から頭と手足を出しかけていた幽霊の子どもがいた。あの子が入れたのか。いや、理不尽そのものの心霊現象に整合性を見出《みいだ》すなんて、ナンセンスでしかない。

杏はバッグから出しかけていた写真を、ちらりと確かめた。

ちょうど非常灯がそばにある位置だとはいえ、光量は乏《とぼ》しい。細かな部分までは確かめられない。だが、裸体の写真であることは間違いなかった。女の子のように見えた。場所は、調理室？　もう一枚のほうは……一番古い写真だろうか。

「杏？」

いまだ雪路を肩に張り付けたままのヴィクトールに、いぶかしげに呼ばれ、杏は肩をゆらした。反射的に、バッグの中で写真を握り潰す。なんでもない、とごまかすには、自分の態度はあからさますぎた。

ヴィクトールはゆっくりと雪路を押しのけると、おもむろに杏の手首を摑んだ。抗《あらが》うこともできず、写真を握りしめていた手をバッグから引き出される。

杏の手の中にあるものの正体に気付いたらしき雪路が目を剝き、「うえっ」と、喉の奥で潰れた悲鳴を上げた。

ヴィクトールは彼を一瞥したのち、写真を固く握る杏の指を、丁寧にほどいた。ポケットからペンライトを取り出し、歪《いびつ》に折れ曲がった写真を軽く広げて確認する。直後、彼はわずかに眉をひそめた。すぐにペンライトの明かりを消す。その写真は自身のパンツのポケットに突っ込んだ。

「おおい、ヴィクトールさん、今の写真なんなの？　どれほど危険なものが写ってたんだ？」

星川が細い声で尋ねる。

「このタイミングで出てくるってことは、心霊写真か？　もしそれで間違いねえなら詳しく説明しなくてけっこうです」

「……」

「あっ、マジか～！　まあ、そうだろうとは思ったけどよ！」

ヴィクトールの沈黙を、肯定と捉えた星川が震えた。

「なんで杏ちゃん、心霊写真なんか持ってんだよ。……え、雪路君までなに、その悲愴感が漂う顔。仁兄さんの心は卵くらいの硬さしかないんだぞ。簡単に壊れるから脅かさないでくれるか？」

一人だけわかっていない星川が、妙に気の抜ける懇願《こんがん》をする。

当人にとっては切実な願いなのだろうが、この場に漂う重い雰囲気をぶち壊している。だがそのおかげで、杏も、おそらく雪路も、それ以上パニックにならずにすんでいる。

「……まだ、図書室にある」

雪路は、躊躇《ちゅうちょ》が滲《にじ》む小さな声で言った。

その端的《たんてき》な補足を聞いて、ヴィクトールがまた眉をひそめた。杏を見下ろし、立ち上がる。

「おまえたちはここにいろ。図書室を確認したら、すぐに戻る」

「待ったヴィクトール、一人で行くのは本当やばい。……すげえ、出る。図書室」

雪路が慌てて止める。「出るってなにが⁉」と、星川が高い声で叫び、それから屈み込んで杏に縋り付いた。ホラー耐性ゼロの彼を、ヴィクトールが冷たく睨み付けた。それから雪路に向き直る。

「なにが出るのかわかりたくもないが、放置するわけにはいかないだろうが」

雪路が困ったように黙り込むと、ヴィクトールが辛辣な口調のまま続けた。

「それに、俺の性格をおまえたちはもう知っているよな。俺は、考えすぎるほどに考えてしまうほうなんだよ。今だってだ。ここに来てから、ずっとそうだ」

そう吐き捨てたヴィクトールを、杏はのろのろと見上げた。杏もまた、考えずにはいられなかった。

「ここに来てから」という言葉は、「センターまで杏たちを探しに来てからずっと」の意なのか。それとも、「午後に到着して以来、ずっと」という、もっと早い段階からの違和感を示唆しているのか。もしも後者の場合、ヴィクトールはなにを捉えていたのだろう。

「なにしに行くのか知らねえし聞く気もないけど、いってらっしゃいヴィクトール。杏ちゃんと俺はおとなしくここで待ってる。がんばれよ！」

星川が調子良く励《はげ》まし、手を振った。

ヴィクトールと雪路が同時に彼を見て、やはり同時に溜め息を落とす。

「……転げ回りたいくらい嫌だけど、俺も一緒に行く。一人で行かせて、もしヴィクトールが行方《ゆくえ》不明とかになったらしゃれになんないし。くそ、行ってやる」

さっさと歩き出したヴィクトールの背を睨み付けて、雪路が呻いた。怒った足取りでヴィクトールを追う。

杏は二人を引き止めることも、さりとて自分も同行すると申し出ることもできず、ただぼうっと見送った。杏の肩に腕を乗せていた星川が、「大丈夫だって。ああ見えてヴィクトール、いざとなったら役に立つしさ」と、無責任に明るく言い放つ。

いざという時じゃなくてもヴィクトールさんは頼りになるし優秀ですと言い返そうとして、杏は口ごもった。こちらを見つめる星川の表情が優しい。

彼は、動けずにいる杏のためにこの場に残ってくれている。

もしかしたら先ほどまでの軽薄な言動の数々も、こちらの気を少しでもやわらげてやろうと考えての演技だったのかもしれない。

強張る口を動かして、礼を述べようとした時、星川が急に真顔になって杏の手を握った。

「ところで杏ちゃん。もしもここになにかヤバいのが出た場合、俺は真っ先に気絶するんで、よろしくな。だからと言って、気絶した俺をこの場に置き捨てて逃げるのだけはやめてな！」

……感謝の気持ちが引っ込んだ。この人、本気で怖がってるだけじゃないか。


ヴィクトールと雪路は、さほど待たずに戻ってきた。幸運なことにと述べていいのか、今度は霊障を免《まぬが》れたようだが、二人とも苦々しい顔をしている。

「…全部消えてた。写真」

雪路が小声で杏の耳に囁いた。

（写真が？　あのファイルごと幽霊たちが回収したの？）

杏は引っかかりを覚え、首を傾《かし》げた。

幽霊たちの真の狙《ねら》いは不透明なままだが、ひとまずの目的は、こちらの手元にあの二枚を残すことと考えていいのか。

とりあえず他の男性たちはまだ喫茶店に残っているとのことで、彼らと再び合流するため、そちらへ戻る運びになった。

「俺はさ、だらだらと雑談を長引かせるオヤジどもに痺れを切らして、おまえたちは先に帰ったんじゃないかと思ったんだけどね。でもヴィクトールが、にしたって二人とも電話に出ないのはおかしいって言い張ってさ。で、もしかしたらセンターに向かったんじゃないかって。それで念のために車を走らせてここに来たら、本当におまえたちがいるんだもんな」

文化センターを出て、レンタカーに乗り込みながら、星川がここに到着するまでの経緯《けいい》を話し始めた。運転席にはヴィクトール、助手席に星川、後部座席に杏と雪路が乗った。

雨は今もしつこく降り続けていたが、勢いはずいぶんとおさまっている。

杏は窓の外側を流れ落ちる水滴を眺めた。センター周辺は木々ばかりで、人家《じんか》もろくに見当たらず、明かりが少ない。窓の外は、真っ暗だった。

「……ヴィクトールさんは、どうして私たちがセンターに再び戻ったのかも、って気付いたんですか？」

杏が尋ねると、ヴィクトールはこちらに視線をくれることなく、スムーズに車を発進させて答えた。

「理由は複数ある。午後に館内でチェアの査定《さてい》をしていた時、君たちの様子がおかしかった。組合の人類たちとともに喫茶店に向かおうと、センターを出た時も、杏の様子が不審に思えた。それと、喫茶店にいた時、何度か駐車場を出入りする車のドアの開閉音が聞こえた。ならその後、店に客が入ってくるはずだろ。ところが、誰も入ってこない時があったんだ。……まあ、他にもあるけど、わかりやすいのはこのくらいか」

杏と雪路は顔を見合わせた。

最初の二つはわかるが、三つ目の車のドアの開閉音は、いったいどういうことなのか。

「あの、それなら私も一度、聞きましたよ。……扉付近にいた時に、男性客が何人か、新たに入ってきましたよね。その人たちの車の音です」

杏は記憶を辿《たど》りながら口を挟んだ。ちょうどその時、トイレに行くため出入り口付近にいた。そのおかげで、外の音がよく聞こえたとも言う。

「俺は全然気付かなかった」と、素直に答えたのは雪路で、星川も「同じく」と、後部座席を振り返って同意する。自分や彼らが特別に鈍《にぶ》いわけではない……はずだ。駐車場から聞こえる車のドアの開閉音なんて、普通はいちいち意識しないだろう。

「俺は考えすぎるほうだと言っただろ。……その最後に来た人類たちのあとに、中途半端に間を置いてもう一度、駐車場に車が停まってドアが開け閉めされる音が聞こえたんだよ。さらに、杏と島野《しまの》雪路が店を出たあとに、もう一度。今度は、ドアの開閉音の後に車が走り去っていく音だ。だが、少なくとも俺のいた席から見える範囲……表の扉からは、誰も店に出入りしていない。おかしいだろ」

「あ、米倉さんが車に積んでるバザー用の服を取りに行くって言ってたじゃんか。その時の音じゃね？」

雪路が軽く身を乗り出して、運転席のヴィクトールを見やる。

「彼が移動する様子は見ていたので、カウントしてない。だから、より正確に言うなら、その米倉ナントカという人類が出入りしたあとに一回、それからもう一回だ」

「じゃあさ、喫茶店に入るつもりはないけどちょっと車をとめたい、でもパーキングを探すのはめんどくさいっていう横着なやつが、こっそり利用したんじゃないのか？」

と、星川も可能性のひとつをあげたが、ヴィクトールは納得しなかった。

「こんな雨の日に？　店の従業員に見咎《みとが》められる恐れのある駐車場に停めずとも、このあたりなら、一時的に路駐できそうな場所がいくらでもあるだろ」

なら、買い物帰りの母娘が飛び込んできた時の音だろうか。

杏もあれこれ考えたが、彼女たちは男性客が現れる前に、店に入っている。

そもそも彼女たちの車は途中でパンクしたという話だ。店まで乗り付けられるわけがない。

（いや待って。表の扉からは、誰も入っていない……？）

ヴィクトールの言葉を頭の中で反芻《はんすう》する。

喫茶店には、客が出入りする正面の扉の他、階段の横に裏口がある。

もしかして喫茶店の従業員がその裏口から来たとか？　シフト制で勤務しているのかも。

だがそれなら、交替予定の店員たちに挨拶くらいするのではないか。なにかの用事で立ち寄った場合であっても。そうすれば、ヴィクトールの目に止まったはずだ。

仮に、外から来たのではなく、カウンター内にいた店員が密《ひそ》かに出入りしたのだとしても、やはり人数の変化に気付いたはず。店内には妊婦の和希以外に、二人の女性店員がいた。二階へ上がっていた於十葉を合わせると四人か。於十葉が出入りしていた可能性もなくはないが、それだと矛盾《むじゅん》が生まれる。彼女はどう見ても杏と同年代だ。車の運転はできないだろう。

ヴィクトールの話によれば、不審な車の音は二回。最初の音は、誰かが車で店に乗り付けたことを示し、次の音は、再び車に乗り込んで去っていったことを示している。

（なんの目的で？）

近隣になにか用事のあった者が、目についた店の駐車場に一時的に車を停めただけ、という星川の主張が、一番無理がないと思うのだが……。

緊張感の漂う沈黙後、星川が、少し乱れているふわふわした髪を手ぐしで直しながら、観念したように声を上げた。

「あ〜、聞きたくないけれども！　万が一のことを考えたら、ここは大人として知っておかなきゃならん！　ヴィクトールもさっき言っていたが、日中にセンターにいた時、おまえたちってば見るからに挙動不審だった。んでその後、この雨の中を、わざわざタクシーかバスかを利用してここに舞い戻ったわけだよな。……つまりそれってあれですか。アレが出て、アレに導かれたとか、そういう……？」

星川はどうしても「幽霊」とはっきり表現したくないらしい。杏と雪路は、無言を肯定とした。今思えばタクシーの現れるタイミングだってホラーでしかない。

「本当になんなんだろうな。世の中にはホラーが好きで好きでたまらねえやつがいっぱいいるじゃねえか。そういう悪趣味なやつの枕元に出てやればいいのに。そのほうが、需要《じゅよう》と供給がぴったり嚙み合ってんだろうが。なんで見たくねえと思っているやつのもとに現れるんだ？あまのじゃくか？」

「幽霊だって相手を選んで出てくるわけじゃないと思います。あと、見たいか見たくないか、という点もですが、信じているか信じていないか、っていうあたりもたぶん関係がないです。単純に、私たちが『見えてしまう』から、結果的に関わることになるだけで」

「杏ちゃん、真面目に答えないでくれよ！」

星川が叫んでヴィクトールにしがみつこうとしたが、彼は運転中だ。さすがにそれは危険だと思いとどまって、消化し切れない思いを自分の太腿《ふともも》を何度も軽く殴ることで解消している。

杏と雪路は視線でコンタクトを取り合ったあと、この町に来てから自分たちが味わった諸々《もろもろ》の恐怖体験についてを包み隠さず彼らに説明することにした。

管理室のベンチの異様な変色、テーブルの下に潜《ひそ》んでいたアレ、その他の、センター内のあちこちで見たホラー現象。午後の図書室で目撃した子どもの幽霊群に、米倉の頭を齧《かじ》る女の子。ガラス戸にも張り付いていた。それから、喫茶店に移動後の出来事も。ホラー現象とは無関係な、於十葉の喫煙《きつえん》や雫の件なども杏は念のために伝えた。自分の身に起きた異様な嫌悪感の共鳴も。もちろん、二人で喫茶店を出て以降の流れもすべて。

雪路はついでのように、「そういえば図書室で、万年筆拾った」と、信号が赤の時にヴィクトールに手渡した。説明する間、ヴィクトールは口を挟まなかったが、星川は途中で何度も悲鳴のような相槌《あいづち》もどきを打った。

「つーか、俺らがホラーな脱出ゲー的体験をさせられたのは、だいたいヴィクトールたちが悪い。喫茶店なんかに寄らずに、そのまま帰ってりゃよかったんだ。ヴィクトールたちは反省して、俺らに舌が蕩《とろ》ける美味な焼き肉を奢るべきだろ」

雪路が言葉の端々に怒りを滲ませて訴えた。その通りだと杏も深くうなずいた。

「正直なところ俺だってな、相手が美女軍団ならともかく、知らないオヤジどもと談笑する趣味はないんだよ。ってのに、ヴィクトールと小椋さんがさあ、なんでか帰ろうとしねえんだもん。俺も被害者ってことで」

振り向いた涙目の星川が、自分の無実を力強く訴えた。

それを聞いて杏は、先ほどヴィクトールが口にしていた、「ここに来てからずっと」という言葉を、やはり「午後に到着してからずっと」の意で使っていたのではないかと疑念を抱いた。

思い返せば、人類嫌いを公言しているヴィクトールがあんなに根気よく彼らの長話に付き合っていたのは、少々不自然ではないだろうか。

それに、少なくとも初対面の彼らよりも杏は、ヴィクトールの中で特別な位置にいるはずだ。だというのに、店内で杏が不可解な言動を見せても、彼は席から立ち上がることさえしなかった。杏の不可解な態度よりも、もっと気がかりななにかがあったためではないか。「午後にセンターに到着してから、ずっと」だ。

星川と雪路が、どこそこの焼き肉屋がいい、どうせなら回らない寿司《すし》も奢らせよう、なんなら港側の市場に出向いていくら様とウニ様たっぷりの海鮮尽くしを堪能《たんのう》するのもありじゃないか、と悪巧《わるだく》みをし始めた。どんどん膨《ふく》らむ彼らの欲望を聞いているのかいないのか、ヴィクトールは運転に集中している。

杏は最後に見た写真の人物を思い出しながら、膝の上に置いていたバッグをぎゅっと抱きしめた。

# 7

喫茶店に到着する頃には、雨の勢いはしとしとという程度に弱まっていた。

雪路《ゆきじ》に続いて杏《あん》も車からおりる。駐車場には数台の車が停まっている。小型トラック二台に、白い軽自動車。白いほうは店員のだろう。杏はなんとなく駐車場の位置を確かめた。スペースは横長に設《もう》けられている。ちょうど客席側に沿う形ではないだろうか。

木造の店なので、注意を向けていれば、確かに店内のソファー席からでも駐車場を出入りする車のエンジン音や開閉音を聞き取れそうだ。

なるほどと納得していると、最後に車からおりたヴィクトールが「そうだ、杏」と、声をかけてきた。

すでに店の扉のハンドルに手をかけていた雪路や星川《ほしかわ》も、なんだというように振り向く。

「君たちを見つけたんでもう帰ると人類に報告をするだけだから、このまま車の中で待っていてもいいよ」

「えっ……、でも、いいえ、私も行きます」

ヴィクトールのおそらく気遣《きづか》いであろう言葉に、杏が戸惑いながら答えると、彼はぶつかりそうなほど近づいてきた。距離感に驚いて仰《の》け反《ぞ》りかけた杏をじろじろと眺め回したかと思いきや、いきなりこちらの腰に手を回す。さらにぐんと仰け反る杏を見下ろしながら腰を撫《な》でて——いや違う、ジャンパースカートのポケットに手を入れられた。

「あった。……これ、もらうね」

と、ヴィクトールは、杏のポケットから抜き取ったものを顔の前に軽く掲《かか》げた。

彼の指にあるのは、ひとつだけポケットに残っていた銀色のフィンガーチョコだ。杏は瞬《まばた》きもせずにそれを見つめると、仰け反っていた体を勢いよく元に戻し、「はあっ⁉」と叫んだ。

（口で頼めばいいいじゃない‼　っていうか、なんで今チョコをほしがるの、この人！）

いつにも増して、わけがわからない。

「で、君は、焼き肉と寿司《すし》と海鮮丼、どれ？」

「はああっ⁉　話の脈絡をもう少し……！　一番高いやつ！」

悔《くや》し紛《まぎ》れに答えると、ヴィクトールは「一番高いやつなんて抽象的《ちゅうしょうてき》な返事をされても。値段なんて店の種類とか頼むものによるだろ。コースで頼みたいってことか？」と、憎《にく》たらしい返事をした。

杏がそれまでの恐怖を忘れて、怒りと羞恥心《しゅうちしん》に身悶《みもだ》えしていると、「雨。入るなら早く入れ」と、ヴィクトールがまた別の話題を口にした。

足止めしたのは自分のくせに！　だがそう訴《うった》える前に、ヴィクトールがなんだか慈《いつく》しむように杏の髪を撫でた。焦《あせ》る杏の肩を押して、「早く」と、店内へ急《せ》かす。

（そういうところがあれなんですよ、ヴィクトールさん‼）

杏は眉間《みけん》に川でも流れそうな深い皺《しわ》を作った。

「私の眉間にナイル川が生まれたら、ヴィクトールさんのせいですからね！」

「なに言ってるんだ、君。ナイル川はアフリカ大陸にあるんだよ」

「知りませんよ、そんなの！」

「いや、知れよ。学生だろ。世界最長の川だぞ。エジプト文明を支えた河川《かせん》じゃないか。世界最古の椅子があるのだってエジプトなんだ。ヘテプヘレス王妃の。四千年以上前の椅子が現存しているなんて、これ以上のロマンがあるか？」

心底どうでもいい。

「日本の最古の椅子は弥生《やよい》時代だというのに……倍ほども年数が違う」

本当にどうでもいい。……が、日本最古の椅子については前にちらと聞いた覚えがある。

「確か徳島《とくしま》市の」

杏が眉間にナイル川を形成しながら記憶を掘り起こしてぼそっとつぶやくと、ヴィクトールは華《はな》やかな笑みを見せた。それだけで、こちらまでつられて気分がよくなったのが非常に腹立たしかった。出入り口前で待っていてくれた雪路と星川に、「この変人どもめ」という蔑《さげす》みの目で見られたのも、なんか悔しい。

店の前で騒いだせいか、内側から扉が開かれた。

湯沢《ゆざわ》が顔を覗かせて杏たちを順番に眺め回し、ぎこちなく微笑《ほほえ》む。

「ああ、二人とも見つかったんですね。なにも言わず、いったいどこに行ったのかと！　もう日も沈んだし雨も降っているんだ。外をうろつくのは危ないよ、君たち」

湯沢の後ろから米倉《よねくら》、久保田《くぼた》も顔を見せて、やはり杏たちの勝手な行動を窘《たしな》めた。

杏と雪路は、もごもごと謝罪をした。まさか幽霊に導かれてセンターに行ったとは告げられない以上、当然のお説教なのだが、大人の正論ってどうしてこうもカチンと来るのだろう。隣の雪路からも、イラッとした空気が伝わってくる。

店内に入ると、先ほどの母娘への対応同様に、和希《かずき》がタオルを持って近づいてきた。ヴィクトールたちはほとんど濡れていなかったし、杏と雪路ももう水滴を拭《ぬぐ》うほどではなかったが、せっかくの親切をむげにするのもどうかと思い、ありがたくタオルを受け取った。

杏が湿った髪をタオルで拭《ふ》いている時、裏口近くの階段の下に於十葉《おとは》の姿を見つけた。彼女の手にもタオルがあった。もしかして彼女も気をきかせて用意してくれたんだろうか。

だが、於十葉は杏たちがすでにタオルを持っていたためか、その場に立ち尽くしたまま口の端を下げて軽く睨《にら》んできた。そしてさっさと二階へ上がっていった。杏はこの時、なにか不自然なことに気がついたかのような感覚を抱《いだ》いた。が、次の瞬間にはするっと脳裏からすり抜けてしまった。

「あたたかい飲み物を用意しますんで、さあ、席に座って。体が冷えたでしょう？」

和希が杏たちに優しく言って、席に向かうよう促《うなが》した。

「いえ、俺の活動時間は限界を迎えたので、もう帰ります。見知らぬ人類とこれ以上会話を続けることは、俺の死亡動機になりうる」

ヴィクトールが仏頂面《ぶっちょうづら》で申し出を固く拒否したが、和希は冗談を言われたと勘違いしたらしく、笑って取り合おうとしなかった。誰が聞いても冗談だと思う発言だろうが、紛《まご》うことなく彼の本音で間違いない。聞いていた雪路と星川の目が濁《にご》っている。

「やだ、そんなこと言わないで。ほら、座ってください。コーヒーでいいですか？　ココア？」

「人類はいつも俺の話を聞かない。恨《うら》めしい……」

顔を歪《ゆが》めたヴィクトールが独特の感性で和希を罵《ののし》る前に、星川がずいずいと彼の背をソファー席のほうへ押しやった。「あ、俺たちはコーヒーで大丈夫です。こっちの子たちにはココアをお願いします」と朗らかに応じながら。

和希がにっこりとうなずいて、カウンター内に入りながら二階へ向かって声を張り上げる。

「於十葉ちゃん、ちょっと手伝って！」

そういえば、於十葉はコーヒー……ラテアートが得意なんだっけ。杏はそれを思い出した。

渋々の態度でソファー席へ戻りかけていたヴィクトールが、なぜか和希の呼びかけに反応し、足を止めた。「こら」と、背中を押していた星川が小さく咎《とが》めるも、ヴィクトールは階段側へ顔を向けて、動こうとしない。

「ヴィクトールさん？」

杏も小声で呼びかけて、彼の隣に並んだ。

先に席へ戻りかけていた米倉たちも、不思議そうにこちらを振り向いた。

ヴィクトールがぐるりと店内を見回して、さらなる渋面を作る。なにもかもが煩《わずら》わしく呪《のろ》しいと嘆《なげ》いているような陰鬱《いんうつ》な表情だ。しかし、顔立ちが抜群《ばつぐん》に優れているために、そんな表情すらも絵になっている。

望まずとも他人の視線を集める人生ってどんなものだろう。杏はひっそりとそう考えた。

かったるそうな顔をした於十葉が、腰にエプロンを巻き付けながら階段をおりてきた。ソファー席前でたむろする杏たちに一度胡乱《うろん》な目を寄越すも、すぐにつんと顔を背《そむ》けてカウンターに入る。

耳を澄ますと、カチャカチャとカップを用意する音が聞こえてきた。

杏はそちらに向けていた視線を、ソファー席に戻した。

（あれ、小椋さんがいない）

彼だけでなく、他の男性客の姿ももうなかった。雫《しずく》と、その母親の姿も。

コチコチと音を鳴らす壁の振り子時計を確認すれば、杏たちが喫茶店を出てから、一時間ほ

どが経過している。雨脚が弱まったので他の客はもう帰ったのだろうし、母娘のほうもタクシーが到着したのだろう。じゃあ小椋はどこへ行ったのか。

振り子の部分を見つめて、杏は嘆息《たんそく》した。

小椋が先に一人で帰るとは考えにくい。そういえば自分たちがこちらに戻ってきた時、駐車場に小型トラックはあっただろうか。……あったはずだが、冷静に思い返せば、なにかおかしかったような……どうだろう。杏はもやもやした。意識していないと、わずか数分前に見たはずの光景すら正確には思い出せない。

重要な意味が隠されているのに、それと気付かずに見逃してしまったり聞き逃してしまったりしたものは、いったいどれほどあるのだろう。

まったく、自分の記憶力の頼りなさがもどかしいが——それにしても、コチコチという振り子時計の音がやけに耳に障る。もう一度嘆息する。

「コーヒーよりもチョコのほうがいい。俺は甘いものが好きなんだ」

ヴィクトールが急にそんな主張をして、杏から奪い取った例のフィンガーチョコを、手品でもするかのように顔の前で左右に振った。

(なにを言い出す気なんだろう、この人)

ヴィクトールの思考の動きはつくづく読めない。

そそくさと近くの席に座った雪路と星川も、羊の群れの中に迷い込んだ山羊《やぎ》でも見るような顔をしてヴィクトールに注目している。

しかし、不思議なことに、ヴィクトールの唐突な主張は、湯沢に大きな効果を発揮《はっき》した。彼の視線は、顔の前で玩具《おもちゃ》の鼠《ねずみ》をゆらされた猫のようにチョコを追っている。

確か湯沢は、フィンガーチョコが懐かしいというような感想を漏らしていたか。だがそれにしては……。

「女性も甘い物が好きだよな。だったらコーヒーのお礼に、渡すべきか?」

ヴィクトールの眼差《まなざ》しが、カウンター内の和希に向かう。

当の和希はコーヒーの準備に忙しいのか、こちらの会話に気が付いていない。というより、男たちの雑多な会話など日常茶飯事《さはんじ》すぎて、もはやBGMも同然なのだろう。

ところが、ヴィクトールがカウンター側へ向かう素振《そぶ》りを見せただけで、湯沢がぎょっとした。ヴィクトールにすばやく近づき、行かせまいとするかのように彼の腕を掴む。

ヴィクトールは無表情で湯沢を見下ろした。

友好的とは言いがたい眼差しに湯沢は怯《ひる》んだ様子を見せるも、ヴィクトールの腕を離さない。するとヴィクトールは、杏がハラハラするくらいの嫌悪丸出しの表情を浮かべ、彼の手を振り払った。

「ああ、渡すなら、チョコよりももっと高価なものにしろって?　じゃあセンターで拾ったやつだけども、万年筆は?」

ヴィクトールは冷たい口調で言うと、自身のパンツのポケットにチョコを押し込み、その代わりに万年筆を取り出した。車内で雪路が預けたものだ。ずんぐりとした藍色《あいいろ》のボディは、ところどころキラキラしていた。金箔《きんぱく》だろう。

この万年筆に強く反応したのは、呆気《あっけ》に取られた様子で二人を眺めていた久保田だ。彼も慌てたように大股《おおまた》で歩み寄り、ヴィクトールの手から万年筆を奪おうとした。

ヴィクトールはひょいと手を上げて、久保田を軽くあしらった。

米倉は、なんの話をしているのかわからないというように、ひたすら困惑の表情を浮かべて全員を忙《せわ》しなく眺めている。杏もだし、雪路や星川もやはり同じだった。

いや、星川だけはなにか察したのか、難しい顔をしている。

ヴィクトールは、慌てふためく久保田を完全に無視して、しばらく米倉に見定めるような視線を向けていたが、ふいに顔を背けた。

「残念だが、今日の取引はなかったことに」

えっ、と男性たちが声を漏らした。

「俺はもう本当に帰る。ほら、おまえたちも一緒に帰るんだ」

ヴィクトールは言いたいことは全部言ったという気怠《けだる》げな態度を見せて、杏たちを促した。

「待っ……ちょっと待ってください、ヴィクトールさん。なにがなんだかわかりません。センターの家具の買い取りをやめるということですか？　急に、どうしてでしょう？　今の話にも、どんな意味があったんです？　それに、この子たちはさっき、いったいどこに行っていたんですか……」

米倉が眉《まゆ》を下げて、おろおろと両手を動かしながらヴィクトールを引き止める。

「いや、そんなことより、その万年筆はうちで手がけたものですよ。拾ったからって勝手に持っていかれては困る！」

唖然《あぜん》としていた久保田も勢いを取り戻し、厳《きび》しい語調でヴィクトールを咎める。湯沢もなにか言いたげだ。

正直なところ、杏もヴィクトールの突飛な反応に困惑している一人なのだが、それでも久保田のように責め立てる気にはなれない。ヴィクトールがこういうけんもほろろな態度を見せる時は、必ず裏になにかがある。

それに、杏自身、なにも気付かないわけではない。

（センターで見た写真って、たぶん、この中の誰かが関係しているんじゃないかな）

その程度の予想なら自分にもできる。今のヴィクトールの言動で、よりその可能性が強まった。

そうか、と杏はさらに気付く。

あれらのインモラルな写真と、杏の持っていたチョコと、拾った万年筆のつながりは謎《なぞ》だが、とにかくヴィクトールはそれらを使って彼らの反応を試したのだ。まんまと引っかかったのは湯沢と久保田で、米倉のみが状況を把握《はあく》できずに置いてけぼりの様子。ヴィクトールは再び米倉に視線を注いだ。

「……たとえばだが、こういう有名な二択があるだろ。あなたが落としたものは金の斧《おの》ですか、それとも銀の斧ですか、って」

ヴィクトールが片手に握っていた万年筆をパンツのポケットに戻した。

予想外の話題転換に、問われた米倉はもちろん、この場にいる全員がぽかんとする。

「その例に倣《なら》って、俺も問おうか。あなたがほしいのは金銀の真実か、それとも薄汚れた真実のほうか」

杏は頭の上に疑問符を浮かべた。二択の例を出したのだから、てっきり金箔の万年筆を金の斧に、銀紙に包まれたフィンガーチョコを銀の斧になぞらえるつもりかと思ったのだが、金銀の二つを彼はひとまとめにしている。じゃあもうひとつの薄汚れた真実とはなにをさすのか、と考えてすぐに答えが出た。あの、杏がくしゃくしゃにした写真だ。

（となると……湯沢さんたちにとって、表には出したくない真実が二つもあるってこと？）

ひとつがあれらの写真なら、もうひとつの内容はなんなのか。

ずっと話に追いつけずにいた米倉が、ふいに表情をあらためて、ヴィクトールのそばでうろたえている仲間を――久保田と湯沢をさっと見た。信じがたいものを見る目つきだった。彼はまた、ヴィクトールに視線を戻した。

「こうした教訓を含む問いかけには、金銀というきらびやかな言葉に惑《まど》わされず、もう一方を選ぶべきなんでしょうが、私はすこぶる強欲でしてね。『薄汚れた真実』というのも実に気になるが、金銀のほうを選びましょうか」

たぶん米倉は、久保田たちの大げさな反応を見てなにかを感じ取ったのだろう。というより、ヴィクトールの意味深な二択を通して米倉がなにかを察するような言動を、過去の彼らが見せていたのだろう。だからあえて金銀を選んだ。きらびやかな言葉につられたわけではない。

ふうん、とヴィクトールは急に興味をなくした素振りを見せて、つっけんどんに万年筆と銀色のフィンガーチョコを米倉に渡した。

「ちょっ、ちょ、ちょっ、それは、ですから、僕の店で作ったものなんですよ！」

久保田が唇を戦慄《わなな》かせ、横から手を伸ばしたが、米倉は渡さなかった。

「これは組合員に渡している万年筆だろう？　センターに落ちていたのなら、組合員の誰かがあそこへ立ち寄った際に落としたんじゃないかね。私が預かって、万年筆をなくした組合員がいないか、聞いてみよう」

「いや、ですが、わざわざ米倉さんがそんなことをせずとも」

静かな口調で米倉が冷静に諭《さと》すと、久保田はズレた眼鏡《めがね》もそのままに、しどろもどろに答えた。

こう言ってはなんだが、たかが万年筆だ。自社製の品だからこそこだわらずにはいられないのかもしれないが、今の久保田の姿を見る限りでは、どうもそれとは違う気がする。

湯沢までが必死の形相《ぎょうそう》で米倉を見ている。正しくは、彼の手に渡った藍色の万年筆とチョコを。

そんなに惹《ひ》かれるほど懐かしいチョコなのか、なんてとぼける気にもなれなかった。なにか重要な意味があるのだ。

「あ、一応断っておくが、それは本当にただのチョコだよ。杏が持ち込んだ菓子だもの、当然だろ。普通に食べて問題ないに決まっている」

ヴィクトールの面倒そうな説明に、湯沢がぐりんと首を回して彼を見た。瞳に、怒りと驚愕《きょうがく》の色が載っていた。騙《だま》したのかと言いたげだった。

米倉は一瞬きょとんとしたあとで、本当にただの菓子ならなぜ渡した？　といぶかしむ表情を浮かべた。杏も、さもありなんとしか感想を抱《いだ》けない。

「だが面白《おもしろ》いよな」

と、ヴィクトールは少しも面白くなさそうに腕を組んだ。

「人類はなぜかチョコと恋をイコールで結び付けて、ロマンチックとか言い張るんだ。たとえばビターなチョコなら、ビターな恋、というように。意味がわからない。チョコはチョコだろ。カカオが何パーセントであろうとも」

全員、なに言ってんだという顔をした。……いや、違う。湯沢は怒りを消して青ざめている。

「恋だけじゃなく、人生や愛にも喩《たと》えるよな」

「ヴィクトールさん、なんの話……」

杏は思わず口を挟《はさ》んだが、彼は振り向かない。

「で、マリファナをチョコと呼ぶこともある」

いきなりの爆弾投下に、杏は目を剝《む》いた。静観していた雪路と星川が同時に、はあっ⁉と叫ぶ。米倉は眉をひそめた。湯沢と久保田は亡霊みたいに顔を白くし、視線をさまよわせた。

誰もが黙り込む中、ふいにカチャッという陶器の音がこの空間に落ちた。

杏が視線を巡《めぐ》らせば、コーヒーカップをトレイに載せた於十葉と和希がそこにいた。

和希はこちらの異様な雰囲気に戸惑っているだけだったが、於十葉のほうは明らかに動揺している。きれいに描いていたのだろう葉っぱ形のラテアートが崩れて、トレイにこぼれていた。

ヴィクトールは彼女を見て、むっと困った顔をした。

「……俺はいつだって、すり切れそうになるくらい余計なことを考える。頭の中で物事の道筋を見出《みいだ》す作業を、止められない」

重い口調で打ち明ける。珍しいと杏は思った。さっきまであんなに帰りたがっていたのに、於十葉を見た途端、彼女のためになにかを告げようとしている。

「人に歴史があるように、物にも歴史が潜《ひそ》んでいる。高価なアンティーク椅子じゃなくても、この喫茶店にある大量生産の家具にも。だがその歴史というのも実際は、物自身ではなくて、人の歩みを反映しているにすぎない。……この店は、わかりやすくテーマを決めて作られているね。そうしようと、ここの人類が考えたからだ」

「な、なんなの。いきなり変な話を聞かされても困るんだけど」

於十葉がヴィクトールに噛み付いた。トレイを支える彼女の手に力が入っている。

湯沢も、「そんな雑談はどうでもいい」とばかりにヴィクトールを止めようとする。が、彼は視線ひとつで湯沢を凍り付かせた。美形の睨《にら》みは迫力がある。

「店内は禁煙だ。そうだろう？」

「え……？　そ、それがなに」

於十葉が警戒たっぷりに聞き返す。

「ところが、カウンターにはなぜか、不要なはずの灰皿が積み重なっている」

「処分し忘れているだけじゃん。これ、なんのクレームなの。ばっかみたい」

ヴィクトールを怒らせたいのか、於十葉が嘲笑《あざわら》う。だが、ヴィクトールは取り合わない。

一見とっちらかっているようなヴィクトールの話は、だがすべてつながっている。杏はそれを知っている。

「これだけ気を配って店作りをしているのに、テーマに合わない灰皿は放置？　……俺は、うなずけない。処分し忘れたと考えるよりも、もっとシンプルな答えがある。今も使用している、っていう」

「えっでも」と、杏はつい声を上げた。

「米倉さんが久保田さんに、禁煙っておっしゃっていましたよ」

杏たちが喫茶店を出てセンターに向かう前の話だ。

喫煙しようと煙草《たばこ》を取り出した久保田を、米倉がやんわり窘めていた。

「それはあくまで、営業中の話なんだろ。自分の店なら、営業後に、たとえば組合の人類を集めて話し合いの場にも使ったりできるじゃないか」

あ、確かに、と杏は納得した。

「人類の男は複数集まると、誰かしら煙草を吸い始めるんだ。ダズビーやダンテじゃあるまいし、芥川《あくたがわ》龍《りゅう》之介《のすけ》の霊でも乗り移るというのか？　煙草の悪魔に呪われている……」

と、ヴィクトールはそれこそ呪わしげによくわからない言葉をぶつぶつと吐き捨てたあとで、茫然《ぼうぜん》としている於十葉に視線を戻した。

「君は、煙草を吸わないな？」

ヴィクトールは確信を持って於十葉に尋ねた。彼女は勢いをなくし、うろたえた。

「え、わ、私は」

杏と雪路は視線をかわした。いや、吸っている。なぜならその現場を目撃した。

和希が、はっとしたように杏たちを見て、声を張り上げた。

「あの！　ごめんなさい、私です。私が吸ってます！」

和希の告白は、杏たちに見られたことを知っているからこその嘘だ。於十葉が咎《とが》められると思って、庇《かば》っている。

だが妊婦の彼女に責任を押し付けるわけにはいかないと思ったのだろう、於十葉は泣きそうな顔になって首を横に振った。目が潤《うる》み、赤くなり始めていた。虚勢が剝《は》がれ落ちれば、そこにいるのはただの無力な、怯《おび》えた女の子だ。

「於十葉っ、おまえ、煙草を吸っているのか！」

ここでわざとらしく激高したのは父親の米倉――じゃなかった。湯沢だった。

杏は、勘違いしていた。そう、『おとうさん三変化《さんへんげ》』に惑わされて、てっきり米倉が彼女の父親だと思い込んでいた。

「吸わないだろ」

ヴィクトールがまた確信のこもった声で於十葉に聞く。

彼女はヴィクトールを数秒見つめると、観念したように小さくうなずいた。

「もうラテアートもやめたら？　それができるなら、君にこれをあげよう」

ヴィクトールは、あの写真を取り出すと、返事を聞く前に彼女のエプロンのポケットに突っ込んだ。彼女はその正体が写真だと気付いたのか、息を呑《の》んだ。肩が震え始める。於十葉の中で、なにかが決壊していくのがわかる。

杏は叫びそうになるのをこらえた。

そうか、あの写真に写っていたのは、於十葉だ。彼女のもう少し幼い頃の写真だ。

「おい、なんなんだ、おまえたち！　わけのわからない無駄話をさっきから……！　於十葉、どういうことだ！」

険のある顔をして怒鳴り付ける湯沢に、於十葉が赤い目を向けた。とっさに、悪魔の目だと杏は思ってしまった。コチコチと振り子もゆれていた。

彼女は手からトレイを離した。がしゃんとカップが落下する激しい音が響いた。

「あんたなんか父親じゃない、大嫌い！」

於十葉が甲高《かんだか》い声を迸《ほとばし》らせた。怒りと恐怖が全身から噴き上がっていた。

「な、なにを」

「あんたを殺したかったの‼　死んでほしかったの‼　だから煙草の灰をコーヒーに入れようと思った！　でも、いつも和希さんに見つかる、なにも知らないくせに、だめって！　私はだめじゃない、だめなんかじゃない‼」

彼女の凄《すさ》まじい告白に、湯沢が口をぱくぱくさせた。

杏は気圧《けお》されながらも考えた。

ひょっとして於十葉がラテアートを得意としているのは、この犯行のためだったのではないか。万が一、灰がコーヒーの表面に浮かんできたら、企《たくら》みがバレてしまう。それは困る。なんとかごまかさなければと頭を働かせ、ラテアートに辿《たど》り着いたのだろう。

煙草の灰を「凶器」に選んだのは、日頃から店で灰皿をよく目にしていたこと、たとえ営業中じゃなくても妊婦の和希が働いている場所で煙草を吸い続ける無神経な人たちへの苛立《いらだ》ち、そして一応、店は「禁煙」をうたっているため、そこで自分が灰を混入したとはバレないのではという安易な考えがあった……そんなところだろうか。

湯沢は自ら再婚したと明かしていた。新しい妻は、出産後に元旦那と別れて、湯沢と一緒になった。つまり、於十葉は、血のつながらない娘ということになる。

殺意を抱くくらい湯沢を嫌っている理由は、この流れを見れば、ひとつしかない。湯沢が彼女の裸を撮影《さつえい》したのだ。なんの目的で、と聞くまでもない。そういうことなのだろう。

犠牲者は於十葉だけじゃない。だって写真は何枚もあった。たくさんの少年少女が写っていた。でもどこであんなにたくさんの子どもたちを見つけて──ああ嫌だ、そんなの文化センターに決まっている。元々あの施設は、「環境に問題を抱《かか》えている子どもたちの受け皿」として利用されていたのだと言っていたじゃないか。撮影場所もすべて館内だった。センターが壊されても問題はない、次の「受け皿」は準備万端だ。母子寮。そして、組合。強い絆《きずな》で結ばれた大人たち。センターにやってきたのも、喫茶店に現れた知り合いらしき客たちも男ばかりだった。つまり、つまり……。

激しい嫌悪が無数の虫のように杏の背筋を這《は》い上がってきた。

杏はふらついた。真っ先に反応したのは星川で、席から立ち上がり、ぱっと杏の腕を支える。

「うおっ、杏ちゃん、大丈夫か」

彼に礼を言おうとして、杏は絶句した。心配そうにこちらを見る星川の背中に、女の子の幽霊がしがみついている。あの、米倉の頭を齧っていた女の子。センターからくっついてきたのだ。あそこから出られない様子だったのに。

そうか、星川は、「見える人」で、「運べる人」でもあるのだろう。今までだって彼は、殺人鬼の椅子なり鉄道の椅子なり生霊なりと、杏たちのところに色々運んできている。

女の子は、於十葉のほうをじいっと見たあと、視線を床のカップへ移し、「もう少しだったのに」と恨《うら》めしげにつぶやいた。

そして杏を見やり、「ちゃんと逃げて、逃げて」と悲しそうに言って、消えた。


その後は、修羅場《しゅらば》だった。

正気を飛ばした於十葉が泣き喚《わめ》きながら湯沢たちを罵倒《ばとう》し続けた。それでだいたい、彼女がなにをされていたのかが、皆にも明らかになった。

義理の父の湯沢と仲良くなれないストレスから於十葉は煙草を吸おうとしていたのだろう……そう考えていたらしき和希は、そんな単純な話ではないと気付くと、血相を変えて彼女を抱き寄せた。

「あ、あなたたち……」

和希は化け物と出くわしたかのように戦々恐々と湯沢たちを見回した。

そこへ、タイミングよく、米倉の息子の英治《えいじ》が店に姿を現した。

――いや、本当に「タイミングよく」だろうか？

車のドアの開閉音は？　聞こえなかった気がする。また自分は聞き逃したのか。それとも。

激しく泣いていた於十葉は、英治の姿を認めると、彼に力一杯しがみついた。

英治は彼女を抱きとめて、顔を強張《こわば》らせた。父親を感情のない目で見つめてから、なにも言わずに於十葉と和希を連れて店を出ていく。彼の全身から、強い拒絶が立ちのぼっていた。

しばらくの沈黙ののち、湯沢と久保田は、死人のような顔色でソファー席に力なく座り込んだ。

「じゃ、俺たちは帰ろうか」

空気の読めなさすぎる発言をしたのはヴィクトールだ。

額を押さえていた米倉が顔を上げ、ヴィクトールを戸惑いがちに見つめる。

「あの、ヴィクトールさん」

なにかを言いかけた彼を、ヴィクトールは視線で止め、口を開いた。

「最後の助言だが、あなたの息子は、あなたも薄汚れた真実の仲間の一人じゃないかと疑っている。もし事実と異なるのなら、早めに誤解をといたほうがいい。親子の関係に修復できない亀裂が入る前に」

「……ああ、なるほど。そうか、それであいつは、私や湯沢君のところに就職しなかったのか？　於十葉ちゃんと英治は仲がよかった。てっきり男女の関係があったのかと思って、未成年者に手を出すなと遠回しに叱《しか》ったことがあるんだが。勘違いもいいとこだ。あの子は於十葉ちゃんの味方だっただけか」

米倉が疲れたように笑った。

「本当にごたごたしてしまって、あなた方には申し訳ない。いや、私もまだ、少し状況を飲み込めなくて――すみませんが、後日あらためて謝罪させてください」

「謝罪はいらない。もう帰る」

淡々とヴィクトールが断って、今度こそ歩き出す。

杏たちも彼のあとに続いた。もう止める者はいなかった。


「つか、小椋さんを待たなくていいのか？」

再び車に乗り込んで、さあようやく帰ろうかという時に、雪路が尋ねた。座る位置も、先ほどと同じだ。

「あー、小椋さんは米倉さんとこのワゴンを借りて、さっきの母娘を送っていったんだよ。もし彼女たちを送り届けるよりも早く、俺とヴィクトールがおまえたちを見つけた時は、自分のことは待たずに先に帰っていいって」

説明したのは星川だ。

（ああ、そういえばワゴンは駐車場になかった気がする。……たぶん）

杏は首を捻《ひね》った。なにか引っかかる。

「え、なんで小椋さんが雫ちゃんたちを？」

怪訝《けげん》な顔をする雪路に、運転席のヴィクトールが目を向ける。すぐに視線をフロントガラスへ戻し、車を発進させる。

「不気味な人類たちだと彼らを警戒していたのは俺だけじゃなくて、小椋健司《けんじ》もだよ。おまえたちがセンターに舞い戻っていた時、あの湯沢ナントカという人類が母娘を送ろうかと言い出したんで、小椋健司が代わりに立候補したんだ」

「……なんでヴィクトールたちは、あいつらを警戒してたんだ？」

「なんでと聞かれることこそ、なんでだ。椅子の買い取り交渉《こうしょう》に、なぜあんなにぞろぞろと組合の男たちが顔を見せに現れる？　代表者の米倉ナントカという人類だけでじゅうぶんじゃないか」

杏と雪路は、呆気《あっけ》に取られた。……言われてみれば、なぜかセンターで椅子などを検分していた時に、あとから組合の男性たちがやってきたっけ。

「まあ最初は、もしかして買い取るものの中に、他社とレンタル契約中の品でもまざっているのかと疑っていたんだが。もしそうだとしたら、後々問題になるからね。いるんだよ、たまに。わざと所有者は別にいるという事実を隠して売ろうとするやつが。それでしかたなく俺と小椋健司は、彼らの長話に付き合って真実を探ることにした」

「俺もです俺も」と、星川が小声で訴えた。

「ところが、なんだか妙な流れになっただろ。杏ちゃんたちの奇行のおかげでな！」

ああ、うん。杏たちは苦く笑った。

「つうか、あー、その。俺はまだ全体像が把握《はあく》できていないんだが、杏ちゃんたちがセンターに戻ったのは、あの於十葉ちゃんの置かれていた境遇《きょうぐう》を知ったせい？　えー、アレに導かれて真相を追ったとか？」

星川が言葉を選びながら、たどたどしく尋ねる。

とてもセンシティブな問題だ。被害者の子どもたちの尊厳《そんげん》をゆるがすような。

「それに、マリファナってのも、いったいどこから来たんだよ。ヴィクトール、最初からちゃんとわかりやすく説明して。なにがどうなってんだ」

「それは、私もわからないです」

ね、と杏たち三人はうなずき合った。

ヴィクトールは面倒そうな態度を隠しもせず、道の途中で見つけたパーキングに車を停めた。話が長くなると踏んでだろう。

そこに設置されていた自販機でホットドリンクを購入したのち、話を再開する。杏は飲まずに、両手をあたためた。知らないうちに、体の芯から冷えている。

「そもそもなにか妙だと引っかかったのは、彼ら人類の長話だ。かつては栄えていたという町への思い入れについて。亜麻《あま》の繊維《せんい》産業と貿易。やけに建てたがるプレハブ小屋」

ヴィクトールの言葉に、杏は唸《うな》った。それって、椅子の査定をしていた時の会話じゃないか。

「そこから、もう?」

「そうだよ」と答えるヴィクトールに、待て待て待て、と星川が甘酒を飲む手を止めて叫んだ。

……なんで甘酒?

「え、まさか亜麻って言葉からマリファナを連想したのか?　なんでだよ、亜麻と大麻は別物だろ。麻っていう言葉でひとくくりにすんな」

えっ違うの?

杏と雪路は、「俺たち、そんな詳《くわ》しいこと知らないもんね」と、視線で互いを慰《なぐさ》めた。

ホットのほうじ茶のミニボトルを頬に押し当ててうっとりしていたヴィクトールが、ちらっと後部座席の杏たちを見て、どうしようもないと言いたげに呆《あき》れた顔をする。

「亜麻はリネン、大麻はヘンプ。ドラッグになるのは、大麻のほうだ。といっても、大麻は実のところ、日本と馴染み深い。昔から神事でも使われてきている。逆に亜麻は、元々日本にはなかった植物で、明治にこの一帯で栽培されるようになったんだ。あの人類たちも自慢げに繊維産業の話をしていただろ」

へええ、と杏と雪路はひとまず感心した。

「かつては生活の様々なシーンで活用されていた大麻が取締法で制限されるようになったのは、昭和になってからだよ。昔の日本の大麻には、ＴＨＣの成分があまり含有されてはいなかったしね」

星川はわかっているようだが、杏はまったくピンとこなかった。とりあえず知ったかぶりをして、うんうんとうなずいておく。雪路も感心した素振《そぶ》りを見せているが、これは自分同様に、きっとなにもわかっていないだろう。

「……ＴＨＣ、テトラヒドロカンナビノールとは、幻覚や多幸感をもたらすような向精神作用のある大麻の成分のことだ。この成分は主に花穂《かすい》や葉の部分に含まれる。かなりざっくりと言うなら、ＴＨＣ成分がさほど含まれない茎はヘンプ……繊維として現在も日常的に使用されている。含有量が多くなれば、それがドラッグと呼ばれるわけだ」

基礎的な説明を聞き、今度こそ本気で、へええ！　と杏は感心した。

「大麻事犯は増加の一途を辿っている。芸能人が大麻所持でニュースになったりもするが、今は一般人、とくに若年層にも広がっているよ。乱用防止のためにも法改正はこの先も進む、というかようやく整備されていく。七十年以上ぶりの改正じゃないかな」

ヴィクトールは思案深げに話を続ける。

「大麻は決して『悪』の象徴《しょうちょう》じゃない。法に背《そむ》く嗜好《しこう》としての暗い面だけではなくて、医療価値もある。もちろん繊維産業の観点から見ても、その価値は高い。海外では合法ドラッグ化されている国も多いが」

おお、と杏は相槌《あいづち》を打った。悪の象徴ではないと断られたが、ドラッグという言葉の非現実的さにそわそわしてしまう。一般人、若年層に広がっているというのも、なんだか不思議だ。別の世界の話に杏には聞こえる。

「いや、大麻の歴史は置いとけよ。話がズレてるっつの。俺が知りたいのは、ヴィクトールはいったいどこで湯沢さんたちが大麻……ドラッグに関わっていると判断したのかだ。もし違っていたら、失礼どころの騒ぎじゃないだろ」

星川が難しい顔を見せた。が、ヴィクトールは平然としている。

「失礼どころか、彼らは店内で、ほぼ認めたも同然だっただろうが」

「……そうだけどさあ！」

「うるさい、狭い車内で大声を出すな。写真だ」

「こいつめ、今度絶対に激辛《げきから》料理店に連れていって泣かすからな。って、写真？　……センターで杏ちゃんたちが見つけた心霊写真のことか？　え、それがなんでドラッグにまで結び付くんだ」

「心霊写真じゃない」

ヴィクトールは冷たく切り捨てると、もぞもぞと体勢を変えた。後部座席のほうに軽く体を捻って、杏たちを気遣うような表情を浮かべる。

「……言っておくが、詳しく説明をするのは、おまえたちがまた無謀《むぼう》な行動を取らないようにと考えてのことだぞ」

……取りたくて取ったわけではないのだが。

「なにが写っていたんだよ」

と、星川が怯えを滲《にじ》ませて尋ねる。彼だけはあの写真を見ていない。

「杏たちも写真を見たんだよな。……まあ、要するに複数の児童に対する性的虐待《ぎゃくたい》の写真だ」

星川が途端に拒絶と嫌悪の溢《あふ》れる表情を浮かべた。それから先ほどのヴィクトールのように、杏たちを気遣う顔をする。なんだかそんな表情を向けられるのは、嫌だった。

「喫茶店にいた湯沢ナントカの義理の娘である人類が写っていた。彼女は現在、高校生か？今よりも数年前に撮影されたんだろう」

返事をするのも憚《はばか》られるような内容だ。

車内はライトがついているので明るいが、外の暗さがぐんと増したような気がする。

「写真は、文化センターの調理室で撮《と》られていた。胸の悪くなるような話だが、あの人類たちは、センターで環境に問題のある子どもたちを保護している、といった話をしていただろ」

杏も同じことを考えた。たぶんそれで、合っているのだろう。

「あー…、つまりそういう子たちが、犠牲《ぎせい》に？」

「確証はないが、可能性は高い。そういう子たちなら、そもそもが問題の多い環境にいることもあって、手懐《てなづ》けやすくもあっただろう。他者からの愛情や親しみ、思いやり、なにより『存在肯定』に餓《う》えていただろうことは容易に想像ができる。優しくされたあと、恐ろしい体験をさせられたとしても、そう簡単には逃げられない。相談できる相手もいない。相談できると思った相手に裏切られているんだから」

手懐けるって、嫌な言い方だ。だがそれでも言葉を選んだほうに違いない。

「ともかくも、写真はセンター内で撮られていた。立地的にもあそこは、秘密事にはもってこいだ。その、調理室で撮られた写真に、乾燥大麻を詰めた瓶《びん》や袋が写っていた。送風機や盥《たらい》まで揃っていた。たぶんあの施設内でマリファナを作っている。プレハブ小屋を建てたがっていたのも、ひょっとしたらマリファナ事業を拡大でもしたかったのかな」

「あ？」と、星川が耳を疑うように変な顔をした。

杏は急いで記憶を辿った。確かに、調理室の写真に、送風機やハーブの瓶などが写っていたものがあった気がする。

「……すげえ嫌なことに気付いたんだけども。だとすると、湯沢たちだけじゃなくて、かなりの野郎どもが関わってんじゃないか？」

「だろうね。これは推測だが、俺たちがセンターの家具を買い取るという話を聞いて、彼らは驚いたんじゃないか？　単純に指定の品を配送するとかじゃなくて、センターに直接足を運んで査定するということに。しかも俺たちは椅子だけじゃなくて、あちこちを念入りに見て回ったただろう」

「だから湯沢たちは、焦ったって？」

星川が唸るように尋ねる。

「ああ。センターの取り壊しが決まった時に、当然片付けてはいるだろうが、万が一ということもある。それで、俺たちの査定にいちいちついて回ったんだ。おまけに、こっそりと連絡でも受けたのか、後から新しい組合の人類がやってきた。喫茶店に移動してからも来ただろ」

「うえっ。待て、だとすると、関わってんのは大半が組合の人間ってことか」

星川は毒でも飲まされたように濁《にご》った声を発した。杏も喉を掻《か》きむしりたい気分になった。

「そうだろうな。海外のカレッジリングよろしく、絆の証《あか》しの万年筆でつながっているんだろ。で、仲間を増やすために、新たな組合員に渡す時、その中にお試しの『チョコ』でも詰めていたんじゃないのか？」

「チョコ」

ヴィクトール以外の三人で、同時に言葉を繰り返してしまった。

マリファナを、チョコと呼ぶのだと先ほど聞いた。

(チョコって、そういう‼)

杏はじたばたしたくなった。隣を見れば、雪路も密かに足踏みをしている。

「……だから、杏が持っていた普通のチョコに、湯沢があぁも反応したのかよ。自分が悪いことをしているから、もしかして、って。久保田が異様に万年筆を取り戻すのにこだわったのも?」

足踏みだけでは感情を抑えられなくなったのか、雪路は腹立たしげに、手にしていたペットボトルを振った。

彼だけホット飲料ではなくてコーラを買ったのだが、そんなに振ったらまずいのではないだろうか。

「二択の例って、そのためか。うわっ、すげえ汚ねえもん拾っちゃったわ、俺」

でも雪路が万年筆を見つけたから、真実に近づけたのだ。

「湯沢ナントカの建設会社に勤める人類も、もしかしたら関わっているのかもしれない。……星川仁《じん》は、亜麻から大麻を連想したのかと聞いたが、俺はそっちよりも道路沿いの雑草除去の話や、妻の手作り菓子のほうが連想しやすかった」

「なんでだよ」

星川が嫌悪の皺を鼻筋に作って聞き返す。

「センターまでの道沿いに、野生の大麻、生えていただろ」

「はっ？」

全員、引いた。ヴィクトール以外。

「湯沢ナントカという人類は、そこからドラッグに手を染めるようになったんじゃないか？」

「待ってヴィクトール、大麻って道路沿いに生えんのかよ」

突っ込んだのは雪路だ。

「生えるよ。保健所なんかからも野生大麻の除去をせっつかれてよほど腹が立ったんだろ。そのあたりに関しては、俺たちが気付くわけがないと高をくくっていたのか、ぺらぺらしゃべっていたな」

「……手作り菓子のほうは？」

「大麻クッキーを作っていたんだろうなと。菓子職人でもないのに、いい大人があれほど妻の手作りの菓子の話題で盛り上がっていたんだぞ。妙だったろ」

杏もだが、雪路も隣でぎょっとした。

確かに湯沢たちは、クッキーの話をたくさんしていた気がするけれども！

（あの人たちがお菓子に詳しかったのって、それでなの！　ってことは、奥さんたちも、わかった上で作ってる!?）

無駄な長話とうんざりしていたのに、そこにも真実が潜んでいたなんて思いもしない。

杏はそこで、嫌な想像をしてしまった。多幸感でハイになった時に、純粋《じゅんすい》に信頼を向けてくる子どもたちを見て、支配欲が蠢《うごめ》いたのではないだろうか。いつもはきちんと抑制《よくせい》している欲望が、ストッパーを外されて噴き出してしまったのかもしれない。

なにしろ湯沢たちはあの長話の間、全身から不満を垂れ流していた。だから自分よりも弱い者をストレスのはけ口にしたのでは。

「……あ、待ってくださいヴィクトールさん」

杏はひとつ気になったことがあった。

「いくらなんでも、素人《しろうと》がマリファナをそんなに手軽に作れるものでしょうか。特殊な道具とか必要なんじゃ？」

「作ろうと思えば自宅やマンションで作れるよ。だから大麻事犯の増加が近年、問題になっている」

「えっ本当に？」

ヴィクトールが首にペットボトルをあてながらうなずく。

「――なあ、それにこの町、自殺者が多いとも言っていただろ」

「え、は、はい。……はい⁉」

まさか、と杏は思った。寒気が這い上がってくる。まさか、そこにもつながってくる⁉

じゃあ、あの幽霊たちは――。

米倉の頭に女の子が齧り付いていたのも、たぶん、そうたぶん、彼だけが善人だったからでは。幽霊たちは脅《おど》かす目的ではなく、助けを求めて米倉に群がったのだ。でも。なかなか気付いてくれないから、必死に縋《すが》り付《つ》いてはいなかった。

一方の湯沢たちのほうには、幽霊たちはなにかを必死に訴えていただけだ。

「センターに舞い戻った時、杏たちは、複数の足音に追われたと言っていたよな。あれは、まあ、幽霊のもあったんだろうが、おまえたちを追いかけた於十葉とかいう人類と、米倉ナントカの息子の足音もあったんじゃないか？」

「……どういうことですか？」

「おまえたちがタクシーでセンターに向かう前と後に、駐車場に停まったと思《おぼ》しき車のドアの音が間隔を置いてまた聞こえた。その話をしたよな」

「はい」

「でも、実際には誰も入ってはこなかった。俺の席の位置からでは見えなかった」

「喫茶店には、表の扉以外にも、裏口が――」

「うん。あれは、於十葉という人類から連絡を受けた米倉ナントカの息子が迎えにきたんだろ。それで、裏口から入った。これがたぶん最初の音だ」

ヴィクトールは話しながら、なぜか雪路を真似て、ペットボトルをシェイクし始めた。

「於十葉という人類は、様子のおかしい杏たちを見て、自分と同じような被害者なのではと思ったんじゃないかな。それか、俺たちが文化センターでなにかを発見したんじゃないかと気になって、こっそりと店で見張っていたか。そうしたら杏たちが急に外へ出たから、もしかしてと疑って彼女らもセンターに向かったんじゃないのか。これが二回目の音の正体だ」

星川が真剣に耳を傾けながらも、ペットボトルをシェイクするヴィクトールをさりげなく止めた。ヴィクトールは、むっとしたが、説明を続ける。

「なぜ米倉ナントカの息子も関係していると思ったかというと、おまえたちを喫茶店に連れ戻した時、駐車場に小型トラックが二台あった。思い出してほしいんだが、米倉ナントカの息子も、家具の査定後に皆でセンターを出たあと、小型トラックに乗り込んでいただろ」

……小椋が小型トラックに乗っていたのは、もちろん覚えているが、英治も？

でも、杏も確かに、なにか引っかかりを感じていた。これのことだったのか。

「俺と星川仁が店を出た時は、小型トラックは小椋健司の一台だけしかなかったんだ」

「小椋さんは、雫ちゃんたちを送っていったんじゃなかったか？」

不思議そうに雪路が聞き返す。

「それは米倉ナントカのワゴンでだよ。……ともかく、於十葉と米倉ナントカの息子の人類二人は杏たちを追ったものの、なぜかすぐに店に戻ってきた」

「なんで？」

「杏たちがなにかをセンターで見つけたんじゃないかと疑ったのは、於十葉という人類だけじゃないのかもしれない。そいつらまでセンターに現れたから、慌てて逃げたんじゃないか」

「あ？　……そいつらって、あー！　あとから喫茶店にやってきた野郎どもか？　なんかろくに注文せずに帰ったと思ったら……」

星川が怒ったように言って、甘酒を一気飲みした。

杏は、もやもやしていた部分に納得がいった。館内でやけに足音が多いと思ったが、あれは幽霊だけではなくて、於十葉に英治に他の組合員にと、千客万来《せんきゃくばんらい》状態だったせいか。

センター脱出をはかり、出入り口まで近づいた時、ガラス戸の外から誰かが手を当てて覗き込んでいたのも、正体はおそらく幽霊ではなくて、組合員の誰かだったのでは。

それから再び喫茶店に戻ってきた時に、於十葉の手にタオルが握られていたが、あれは杏たちに用意したものではなかったのだ。自分で使っていた。彼女自身も濡れていた。あの時に引っかかっていたのは、その部分だ。

於十葉が泣き叫んだ直後に「タイミングよく」英治が現れたのだって、説明がつく。喫茶店から戻ってきた時にこっそりと裏口を通り、於十葉と二階にでもいたのだろう。その後、一階におりていた彼女の泣き声に驚いて、姿を見せたに違いない。道理で車のドアの開閉音が聞こえなかったはずだ。

「……俺もさあ、嫌なことに気付いたんだけど」

雪路が死んだ目をして、ぼそりと言った。

「もう証拠品の写真と万年筆に関してはさ、幽霊たちに渡されたんですねわかります、って感じだけど。……あれって湯沢たちがコレクションしていたんだよな。それを幽霊が持ち出したのか……。いや、言いたいのはそれじゃなくて。湯沢って、確かジムの改装の話もしていただろ。トイレが外付けのせいで誰かに覗かれるとかって。それって、本当に痴漢《ちかん》野郎の人間が覗いていたのかな?」

ヴィクトールが真顔になった。杏もおそらくそうなっている。

「なんかもう、ヴィクトールの話が本当なら、あの人ってすげえ怨《うら》まれているよな? だからさ、あの人の手がけた物件に、その、幽霊が集まったんじゃねえの? んで、クレーム出してたのって女性客じゃんか。幽霊たちは、男は信用できねえから、女性に助けを求めたとか」

「そんな絶望展開に気付かないでほしかったな、雪路君」

星川も負けず劣《おと》らず死んだ目をしてつぶやいた。

「にしたってな……、あのセンターには祈りの間が設けられているだろう。そんな神聖な場所で、なんだって非道な真似をするんだよ。罰当《ばちあ》たりにもほどがあんだろが。ありえないわ」

「ありえなくもない。バチカンでも、聖職者による子どもたちへの性虐待《せいぎゃくたい》を隠蔽《いんぺい》していたじゃないか」

ヴィクトールは、口の端を曲げた。

「バチカン? は? 教会の大元《おおもと》で、ってことか?」

「そうだよ。一九〇〇年代に起きたボストンの事件とかも有名だ。小児性愛者である聖職者の割合は、かなり多い。全体の数パーセントにも及ぶというね。被害者の数だって、百や千じゃきかない。現時点で二十万以上だ。日本だって例外じゃない」

「日本でも⁉」

「虐待を受けた被害者が自死するケースも多い。性被害は、心を殺すようなものだ。二次被害の大きさも無視はできない。生き残った虐待サバイバーが声を上げて、やっと事件として取り上げられるようになってきたわけだが。……ああ、当然ながら、立派な聖職者もたくさんいるよ」

杏の脳裏に、一枚だけあった古い写真が蘇《よみがえ》った。

海外の子の写真だ。確か椅子に座っていた。あれは——チャーチチェア？

もしかしたらあの写真は、チャーチチェアとともにセンターへ運ばれてきたのでは。かつては貿易が栄えていた町だという。そういう時代に、数多《あまた》の子どもたちの涙と苦痛を飲み込んだ呪いの椅子が海を越えてやってきた。その後、侵食《しんしょく》するかのように、ここでも同じ悲劇が繰り返されるようになった。呪いのように。誰かが見つけてくれるまで——。

杏は全身に力を入れた。

椅子を愛するヴィクトールがチャーチチェアの買い取りの中止を言い出したのも、写真を見てそれと気付いたからに思える。

こうなったらもう、全部吐き出さずにはいられなかった。皆の精神安定のために黙っているつもりだったが、とても抱え切れない。

「ねえ皆さん。喫茶店に、振り子時計があったじゃないですか」

唐突に脈絡のない話をし始めた杏を、全員が恐怖の目で見つめた。

「コチコチ鳴っていたじゃないですか、あれ。ついそっちに目を向けた時、その振り子の部分が、子どもの手に見えました」

「杏、待て」

「おいやめろ。喫茶店には幽霊いないって言ったじゃん……」

「杏ちゃん、黙ろ……」

三人の訴えを、杏は退けた。

「ずっと、湯沢さんたちのほうを、指差しながらゆれていました」


それから数日が経過した。

小椋やヴィクトールに、米倉から連絡がきたらしい。その間に宇里川町《うりがわ》の組合が解散したり、とある建築会社の大麻絡みのニュースが流れたりもしたが、杏のほうには穏やかな日常が舞い戻っていた。時々はポルターガイストに悩まされるけれども。

ある日、室井《むろい》の妻の香代《かよ》が、『チョコ宇宙の誘惑』なるケーキを作って持ってきた。杏は、その写真を撮って、なんとなく小林春馬《こばやしはるま》に送った。彼の返信には、「斬新《ざんしん》なケーキだな。ヘンゼルとグレーテルの家のケーキ？」とあったので、「宇宙です」と、杏は返した。するると春馬から、「宇宙か。なるほど、自分が来て宇宙になんの益《えき》があったか？　魂《たましい》よ、謎《なぞ》を解くことは、おまえには出来ない！」という、芝居がかった意味不明なメッセージが返ってきた。

さて、なんて答えようかと悩むうち、杏は別の謎に関する答えを唐突に見出した。

ヴィクトールが米倉経営の喫茶店を、テーマがあると評した理由にだ。春馬のメッセージが図らずもヒントになった。

タイル状の壁や床は、板チョコを示していたのだ。なぜなら店名もH&G……つまりヘンゼルとグレーテル。お菓子の家の喫茶店だ。子どもたちも甘い匂いに引き寄せられる。

——きっと湯沢たちも、孤独な子どもたちにお菓子をたくさんあげたのだろう。ついておいでと誘惑するように。そうやって心を溶かしたあとで、魔の手を伸ばした。

だから図書室で杏が幽霊たちにチョコを投げ付けた時、彼らはあんなに恐れて消えたのだ。甘いお菓子が、悲劇の始まりだったから。

平穏な日常と、平穏じゃない日常の境界はどこにあるのだろう。

バイトの終了時間が近づいてきた時のことだ。

杏が、閉店する前に一度、玄関前の落ち葉を掃《は》いておこうと店の外へ出ると、ちょうど客と出くわした。

いや、客ではなかった。小さな鉢植《はちう》えを持った上田朔《うえださく》だ。しかし、白い化粧石を詰めた鉢植えには、なんの花も咲いていなかった。芽すら出ていない悪魔の鉢植えだった。

「これ、あげる」

彼は挨拶《あいさつ》も抜きに、ずいと鉢植えを杏に差し出した。彼がすぐに手を離すそぶりを見せたので、杏はとっさに受け取ってしまった。

「い、いらない！　私、これはいらない」

用はすんだとばかりに去ろうとする上田を、杏は慌てて追った。

「薔薇のほうがよかったのか？」

彼は振り向いて、薄く笑った。

「あいにく、心臓みたいに真っ赤な薔薇《ばら》は持ってない。どうしてもって言うなら、君を薔薇にしてあげてもいいよ」

私を薔薇に？　——それはどういう意味？

きっと美しい意味じゃない。それだけはわかる。

「違う、そういうんじゃなくて、だから」

杏は焦った。舌が縺《もつ》れて、うまく話せない。

「あの、だから、加納《かのう》君は」

加納は、無事なのか。なぜかそんな問いかけが頭をよぎった。

上田は笑みを深めた。大股《おおまた》で杏に近づいた。近づきすぎていた。笑いながら首を絞められる距離だった。彼はすり寄るように杏の耳に唇を近づけて、こう囁いた。ミッションコンプリート。

どういう意味だ。わからない。わかりたくない。謎は謎のままのほうがいいこともある。

「……魂よ、謎を解くことは、おまえには出来ない」

杏がふと心に浮かんだ春馬のメッセージを口にすると、上田はきょとんとしたあとで、純粋に楽しそうな笑みを見せた。もさもさした前髪の隙間から覗く目が輝いていた。

「ルバイヤート。ペルシアのオマル・ハイヤームの言葉だよね、それ。読んだよ。学校の図書室にある本は片っ端から読むことに決めてる。——あの世でお前が楽土《らくど》に行けるときまってない、って結ぶんだ。初めの出版は不運が続いたけど、やがて不死鳥のように世界に広がる。

論理的で達観している一方で、ヒロイックでもありペシミスチックでもある。美しく整った四行詞だ。……そうだね、君は、解かないほうがいいかもね。解けないままでいいかもね。捨てていいよ、なにも気にせずに」

興《きょう》が乗ったのか、嬉々として話し始める。まったく理解できない。本当、わけがわからない。なにか妙な話題にだけは詳しいところ、やっぱりヴィクトールに少し似ている。

でも、杏は上田をこれ以上知りたくなかった。知りたいのは、ヴィクトールだけだ。

「じゃあね、高田《たかだ》杏さん」

動けなくなった杏に上田は手を振って、立ち去った。

彼の肩に、見覚えのある派手な恰好《かっこう》の、髪の長い女の生首がくっついていた。彼女は楽土に行けなかったのかと、そう思った。耳の奥で雷鳴が轟《とどろ》いていた。


店の前の掃除もできないまま茫然《ぼうぜん》と立ち尽くし、何分がすぎたのか。

杏は、我に返って、店内に駆け込んだ。

バックルームに入り、檻《おり》の中の動物のようにうろうろしたのち、ロッカーに鉢植えを押し込む。

いや、やっぱり捨てたほうが。でもどこに。これは絶対、誰にも、見せたらダメだ。

また意味もなく狭いバックルームをうろうろしていると、扉のベルの鳴る音が聞こえた。

上田が戻ってきたのかと、杏はどきっとした。恐怖で心臓が飛び出していかないよう、とっさに両手で胸を押さえる。

そのポーズで固まっていたら、「杏？」と問う声とともに、軽く扉がノックされた。

ヴィクトールの声だ。

（鉢植え、ちゃんとしまった⁉）

杏は視線をロッカーに向けた。大丈夫、ロッカーの扉はきちんと閉じた。見えない。見えなければ、ないのと同じ。

返事がないことになにか悪い想像でもしたのか、じゅうぶんな間を置いてから、ゆっくりとバックルームの扉が開けられる。

「杏……？　って、いるんじゃないか。返事をしろよ。……なにそのポーズ」

いぶかしみ、探る眼差《まなざ》しを寄越すヴィクトールに、なにを言えばいいのか……どうごまかせばいいのか。

「今日のヴィクトールさんが、ぱりっとベストにパンツにネクタイっていう、なんか大人で恰好いいスタイルだから、心臓が飛び出ないよう、押さえています……」

「俺はだいたいこういう恰好だろうが。……なんなんだ、君」

「知らないんですか？　女子高生の心臓はたまに体を出ていくんですよ。自立型なんで」

ヴィクトールは、戸惑いの表情を浮かべた。

そうだろう、戸惑うことしかできないだろう。杏自身が戸惑っている。

「……じゃあ、まあ、俺が拾うから、別に押さえなくてもいいんじゃない？」

小さく笑って、ヴィクトールは、心臓の上を押さえ続けている杏の手をゆっくりと外した。

「君の奇抜《きばつ》な行動のせいで、なにをしに来たのか忘れたじゃないか！」

「……レジの確認に来たんじゃないですか？」

それ以外ないだろうと思ったのだが、ヴィクトールは首を横に振った。

「いや、違う。そうじゃなくて。……ああ、椅子の話をしに来たんだった」

「でしょうね！」

レジの確認じゃないなら、椅子談義以外にない。

「君の想像しているような話じゃないよ。……ほら、初めてのスツール作りのことなんだけど」

そういえば色々あって、なかなか進められないでいる。

「作るのは、もう少しあとにしてもいいか？」

「あ、もしかして、製作スケジュールが詰まってますか？」

いや、とヴィクトールは困ったように微笑んだ。

言うか言うまいか、悩む表情をしている。視線でしつこく「なんで？」と問うと、彼は顔をしかめた。

「まず、君が作る前に、俺が作って贈るよ」

「……どうしてですか？」

「そりゃあもちろん、俺の手がけた完成品を見て、私も作ろうだなんて無謀《むぼう》な気持ちが一刻も早く君の中から消滅《しょうめつ》するように……」

「そんなひどい理由で⁉」

なんとなく不器用だと思われていることは知っていたが、そこまで言うほどなのか。

「作りますよ、私！　ヴィクトールさんだって、私の椅子をアンティークにしてくれるって言ったのに！」

十年、二十年、そしていつか百年を超えてアンティークに変わる。そういう椅子を作りたいのだ。

「いや、作っていいんだが、あとに」

ヴィクトールの完成品のあとにして、本当に無謀な気持ちが消滅したらどうするのか。……ありえるから、怖い。

「前に君が言ったことを思い出したんだ。『私を椅子に座らせてくれるか』と聞いただろ。俺は、俺が一番と思う椅子に、君を座らせる。だから、俺が作るまで待って。……ああ、なんだこれ。変な気分になるな。君、早くうなずいてくれよ。それと、雨が降りそうだ。着替えて。送る」

ヴィクトールは焦ったように早口で言うと、杏が答える前にバックルームを出ていった。

杏は、言われた言葉を頭の中で繰り返し、じわじわと体温を上げた。

着替えるために慌ててロッカーを開け、そこにある鉢植えを見下ろす。

捨てないし、暴《あば》かない。そう決めた。上田に返そう。薔薇にはならない。

「カクトワールみたいな、椅子がいいなあ」

杏はつぶやいた。恋する椅子がいい。そういうものがいい。

悪だくみは長靴の中に

街路樹の葉も赤く燃える、空気の澄んだ秋日和《あきびより》の午後三時。

杏《あん》とヴィクトールは、住宅街の中心部で開かれている児童向けの絵画教室を訪れていた。

そこは白いモルタル壁にスレート屋根を載せた、横長の造りの一軒家だ。周囲の家屋《かおく》とともに時を重ねてきたのだろう、壁のあちこちにうっすらと修繕《しゅうぜん》の痕跡《こんせき》がうかがえる。

外観から受け取れる情報はそのくらいで、どこの町でも見られそうな、ありふれた古い家だという以上の感想が出てこない。

玄関の上部に、虹のイラストと、『なないろ絵画教室』と記された看板が飾られていなければ、周囲の景色に溶け込みすぎて見つけられなかったかもしれない。……目立つ看板が外に出ていても、杏の同行者である方向音痴《おんち》なオーナーは到着までに三十分ほど道に迷い、車内で悪態をついていたが。

こちらへの訪問理由はもちろん、二人して絵描きになろうと目覚めたわけではなく、家具の査定《さてい》だ。

といっても、正式な依頼を受けての訪問ではない。ヴィクトールの話によると、先日、『ツクラ』の工房と付き合いの長い業者から、「知人のところで処分予定の椅子やテーブルが出るそうなんだけど、よければ見てみないか?」と紹介されたのだという。

『ツクラ』では、この類《たぐ》いのツテによる仕事が珍しくない。アンティーク品も取り扱《あつか》うし、家具の修理なども引き受けているために、そこそこの頻度《ひんど》で依頼が舞い込んでくる。

ただし、当たりもあれば外れもある。電話口では家具の査定、それから店のほうでの買い取りを調子良く匂《にお》わせておきながら、実際は遺品整理を手伝わせることが目的だったという強烈な依頼人も過去にはいたらしい。

しかし、無駄足を踏んだとしても、そこから別の依頼に繋《つな》がる場合もなきにしもあらず、なので蓋《ふた》を開けたら理不尽でしかない依頼だろうとあまり強く拒絶できないのだとか。『ツクラ』もそれなりに地域密着型の店なのだ。

（でも、しばらくは、ツテからの査定はお休みしてほしかった）

というのが、今回の査定にほとんど無理やり引っぱり込まれた杏の本音だ。

先日も隣町の某《ぼう》文化センターで廃品の査定を行《おこな》ったばかり。そのセンターで杏たちは、無駄足を踏む程度ですむなら笑顔で許せるというような恐怖体験をしてしまった。

ヴィクトールが杏の同行を強要したのも、先日の不吉な一件が頭をよぎったからだろう。

なじみの業者からの紹介なのでその知人もまっとうな人たちであるのは間違いない、少なくとも先日のような、『隠された黒い秘密』に首を突っ込む展開には決してならない、と言われたが――いくら信頼のおける業者であっても、「ところで、その絵画教室に幽霊は出現しますかね？」といった確認を取ることまではできなかったはずだ。でなければ今、「塩とお守りはちゃんと持ってきているな？」なんて何度も杏に尋ねない。そこが一番肝心《かんじん》な部分だったのに。

「……今日は幽霊、出ないといいですね」

『なないろ絵画教室』に入る前に気を利《き》かせたつもりでヴィクトールに耳打ちすれば、彼は真顔になった。杏の首に巻かれているテディベアみたいに毛のループした茶色のマフラーの端をむんずと掴み、顔に押し当ててくる。地味な嫌がらせだ。

ちなみにこのマフラーは、杏専属のマフラー巻き付け職人に進化しつつあるヴィクトールが本日持ってきたものだ。杏が着ているロングの白いニットコートとも相性がいい。ニットコートの下は、『ツクラ』の制服のクラシカルな黒いワンピースを着ている。

店の制服で武装すれば、高校生の杏でもきちんと従業員だと認識してもらえる。

ヴィクトールのほうは、本日は黒のコートに黒パンツ。靴も黒。中に着ているセーターだけが白い。

教室には、児童に指導する先生が三人いた。ヴィクトールが事前に連絡を入れ、教室の終了時間に合わせる形で訪問している。だが室内には六人ほどの児童がまだ残っていた。

教室用にリフォームされた室内は、外から見るよりも広く感じた。

大型の木製の長テーブルが三台置かれ、それぞれに六脚のチェアがセットされている。

（なんの木材かな。パイン材ではない……、オークじゃないですかね、ヴィクトールさん）

杏は心の中で語りかけ、密《ひそ》かに自画自賛した。私もけっこう木材の見分け方がわかってきたんじゃない？

部屋の奥側には白いボードと、エプロンのかかったイーゼルが三台。スツールがいくつか。

なぜかその周囲に、緑色の長靴《ながぐつ》が何足か転がっている。大人用のみだ。足元も絵の具類で汚れないようにするためだろう。

壁際には画材を収納する大きな木棚がある。習作用の参考資料か、絵本の類いもずらっと並んでいた。壁のあいたスペースには児童の作品と思《おぼ》しき絵画がたくさん飾られている。動物の絵が多数を占めているようだ。どの作品も元気いっぱいで、カラーも鮮やか。花畑みたいに色とりどりで、目に楽しく、杏は肝心の家具類よりもまずそちらに惹《ひ》かれてしまった。

「皆、上手《じょうず》ですね」

杏は感嘆《かんたん》した。高校生の自分より、鑑賞者の心を摑むという意味でも、技術的な意味でも、画用紙に描かれた壁の絵たちは勝っている。

中には、プロの絵描きが手がけたのかと疑いたくなるほどに芸術性の高い作品もあった。本心からの称賛だと察したらしく、固まってこちらを観察していた子どもたちが杏のほうにぞろぞろと近づいてきた。

「上手《うま》くて当たり前じゃん。吉田《よしだ》君は、全国のコンクールにも入賞するくらいすげーもん」

吉田君って誰だと思いつつも、杏は愛想良く、「そうなんだ」と笑い、話に乗った。

「ねえ、もしかしてお姉さんたちも絵を習いに来たの？」

眼鏡《めがね》をかけた女の子が杏を見上げて尋ねた。杏は返事に困った。相手が子どもだろうと態度を変えないヴィクトールが、「こちらで不要となる家具の査定に来ただけだ。場合によっては買い取るけど」と素《そ》っ気《け》なく答える。その途端、好奇心たっぷりな顔をしていたはずの子どもたちが敵でも見るような辛辣《しんらつ》な視線を杏たちに向け、きゅっと口を閉ざした。

彼らの、手のひらを返したような態度の変化に、杏はうろたえた。

「ほら皆、お兄さんたちの邪魔をしてはだめ。気をつけて帰りなさい」

揃《そろ》いのエプロンをつけた三人の先生のうち、ショートカットヘアのほっそりとした年長の女性が微笑《ほほえ》みながらもしっかりと子どもたちに注意する。

子どもたちは、むっとしたように彼女を見上げたが、渋々とした態度で「先生、さよーならー。ありがとうございました」と挨拶《あいさつ》した。

他二人の先生は、四十半《なか》ばの目のぱっちりした小柄《こがら》な女性、三十手前のぽっちゃりした男性という組み合わせで、どうやらこのショートカットヘアの年長の女性が教室を仕切っているようだ。男性の先生は、とくに児童と親しい関係を……というより、友達扱いされているようで「まーちゃん先生、ばいばい」と、フランクに挨拶されていた。

まーちゃん先生と呼ばれた男性は、いそいそと子どもたちの見送りに玄関まで出ていった。

帰りかけていた少年の一人が、なぜかふいに戻ってきて、杏になにか言いたげな表情を見せる。杏は内緒話をしたいのかと察し、少し身を屈《かが》めて、少年が話しやすい空気を作った。

「ここのテーブルと椅子、持ってかないほうがいいよ」

警告じみた言葉を寄越され、杏は戸惑った。

少年の声が聞こえていただろうに、隣に立つヴィクトールは興味を抱《いだ》けなかったのか、素知《そし》らぬ顔をして壁の絵画群を眺めている。思いの外《ほか》、熱心な眼差《まなざ》しだ。なにか気になるものでも見つけたのだろうか。杏は内心首を捻《ひね》りながらも、こちらの返事を待つ少年を見つめた。

「どうして？」

「だって椅子におばけ座ってるの見たし」

おばけ、と杏は口の中で繰り返し、顔を強張《こわば》らせた。杏が狙《ねら》った通りにいい反応を見せたからか、少年は気分をよくしたらしく、にんまりした。

「えっ？　本当？」

「ほんと」

からかわれているのだろうか。

昨今の幽霊は、芸術を愛するとか？　——そんな馬鹿な考えまでが頭をよぎる。

「教室からおばけの群れが現れて、夜の町を歩き回ってんの」

「う、嘘ぉ」

「嘘じゃないってば！」

及び腰になる杏に、少年が身を乗り出した。

「こらっ。おかしなこと言わない！」

内緒話のはずが、忘れて普通の声量で話してしまったせいだろう、聞き咎《とが》めた小柄な女性がこちらに近づいてきて、母親のように少年を叱《しか》る。少年は悪びれる様子もなく、「はーい。奥《おく》村《むら》先生、さよーなら」と、笑顔を見せてすばやく教室を出ていった。

アットホームな教室だと感心したいところだが、おばけという言葉が杏を混乱させる。思わずヴィクトールを仰《あお》げば、彼は杏の視線に気づきながらも頑《かたく》なにこちらを向かなかった。

「すみません、子どもが変な話をお聞かせしたみたいで」

先ほどの少年に奥村と呼ばれていた小柄な女性が、困ったように片手を頰に当てて溜め息をつく。

「いえ、子どもの冗談ですから。……冗談ですよね？」

杏はつい本気で聞き返した。

(だってこれまでに何度、幽霊に日常を脅《おびや》かされてきたことか！)

悲しいかな、過去の不吉な心霊体験の数々が杏を慎《しん》重《ちょう》にさせていた。

よほどの怖がりと誤解され、笑われてもおかしくなかったが、先生二人は杏が予想するような態度は取らなかった。顔を見合わせ、困ったように黙り込む。

「もしかして冗談ではなかったりしますか？　本当におばけ……幽霊がこちらに出現する？」

杏が本格的に怯《おび》え始《はじ》めると、奥村がエプロンの紐《ひも》を結び直しながら苦笑いした。

「そんな馬鹿な話って思われるかもしれませんけどね……」

躊躇《ためら》いがちに肯定され、杏は絶句した。

まさかの悪い意味での大当たり。隣のヴィクトールが死んだ魚のような目になり、「俺は帰る」と、信念のこもった声で言った。本当に身を翻《ひるがえ》そうとする薄情なヴィクトールの腕を、杏はがっしりと摑んだ。振り向いたヴィクトールから非難の色しかない視線を頂戴《ちょうだい》してしまった。

「やだ、噂《うわさ》よ。噂」

と、奥村が慌てたように手を振る。

「幽霊なんて、いるわけないですよ。私たちは見てないしね」

「ど、どんな噂です？」

ヴィクトールの腕を摑んだまま、杏は聞き返した。話し好きらしい奥村は、ヴィクトールのほうをちらちらと見ながらも快《こころよ》く教えてくれた。

「白い幽霊が、夜になると教室に出入りしているって話ですよ。猫のような不気味な鳴き声も聞こえると、少し前から近所で広がってしまってね」

ひえ、と杏は片手で口を押さえた。

望んだ反応を得られると、人は俄然《がぜん》張り切るものだ。奥村の声に熱がこもる。

「うちの教室はわりと古くからあるんですけど、何年か前に南側の地区のほうで宅地開発が始まったでしょ」

うんうんとうなずきはしたが、こちらに移住する前の町の変化を杏は知らない。

「新興住宅側に若いご夫婦が集まるようになっちゃって、こっちの地区で育つ児童の数が減ったんですよね。その影響もあって、昨年あたりから、教室開催日も不定期になりがちで」

奥村が、やりきれないというように嘆《なげ》く。

「付き合いのあった画材店も、このままじゃ経営が行き詰まるからって将来的に需要《じゅよう》が見込めそうな南側に移転するっていうし。若いご夫婦のお子さんが成長したら学校教材の提供もできるってね」

「わあ、残念ですね」

杏は、神妙な面持《おもも》ちでうなずいた。驚嘆《きょうたん》と共感と同情。『ツクラ』でバイトを始めてから、どれほど横道に逸《そ》れた雑談であろうと、だいたいこの三つの反応で乗り切れるというのがわかってきた。大事なポイントは、相手を否定しないことだ。なぜなら大抵の大人は、年下の対話者に「今どれだけ自分が大変で苦労しているか」を自慢したい――そう、愚痴《ぐち》ではなくて不幸自慢――だけで真剣なアドバイスなんか、はなから求めていない。

「私もねえ、いま住んでいる家がかなり古くなってきているでしょ？」

さも知っているというようにうなずくが、杏が知るわけがない。

「改装を繰り返すくらいなら、思い切ってそっちへ引っ越そうかと家族で話し合っていて」

「そうなんですか」

「真木《まき》君も来月から隣町のデザイン事務所に入るでしょ、そうしたら忙しくなるだろうし」

真木……、おそらく『まーちゃん先生』の名前だろう。

「教室を続けるにも色々な事情で難しくなってきたところに、今回の幽霊の噂話ですからね。大人は本気に取ったりしないですけど、うちの教室のメイン生徒は子どもたちですもの」

奥村が顔をしかめる。話が脱線しかけていたが、ちゃんと軌道《きどう》修正されている。

「子どもが噂話を真に受けて、怖がってしまう？　そうそう。怖がる子もいれば面白《おもしろ》がる子もいるって感じね。誰が言い出したのか、幽霊教室だなんて変な呼び方をされちゃって。……そんな呼び方が定着するのは、ちょっとねえ」

奥村は、そこで秘密を漏らすかのように声をひそめた。

「大半の人間はそりゃ幽霊なんか当然信じませんけれどね、その代わり、『不吉な噂が立つようないわくつきの場所』という部分には、けっこう敏感になるものじゃない？」

「言われてみれば、そうですね」

杏は、この意見には素直に同意した。

（事実かどうかよりも、「そんな怪しい噂が立つような場所なのだから、ひょっとしてなにか後ろ暗い背景があるのかも」と、疑われた時点で減点対象になるのか）

大切な我が子を数時間だけだろうと預けるわけだから、なおさら親は慎重に判断する。

「幽霊の噂が出たあとから、一部の親御さんが、うちで子どもたちを習わせるのはやめようと思われたみたいでね」

話の矛先《ほこさき》が内々の事情に突っ込みすぎたからか、そこで年長の女性が慌てた顔を見せた。

「ああ、もちろん、噂なんて信じずに、変わらず交流してくれる方も多くいますよ」

「でも篠田《しのだ》先生、実際に生徒が半数近く減ってるんですよ。まだ退会はせずとも、子どもに教室を休ませる親御さんもいます」

と、奥村は、年長の女性を見遣《みや》ってから杏のほうに視線を戻し、

「だったらもう、いっそ閉めようかって。篠田先生の治療のこともありますしね」

そう締めくくった。

篠田先生と呼ばれた年長の女性は、渋面を作りながらもうなずいた。

「そうなんだけどもね……」

「あの、どこかお身体の具合でも悪いんですか？」

杏が心配になって尋ねると、篠田は気を取り直したように微笑んだ。

「今年に入ってからちょっと腰を痛めてしまって。しばらくは治療に専念しようかなと思っているんです。今日が最後の授業だったんですよ」

「えっ、そうなんですか？」

杏は驚いた。子どもたちがすぐに帰宅せず、ぐずぐずと教室にとどまっていたのも、名残《なご》りを惜しんでいたためかもしれない。

（道理で最初、悪者を見るような目を向けられたわけだ）

児童にとって家具を買い取りに来た杏たちは、教室を破壊する侵略者も同然だったのだろう。

「ええ。でも私は教室の責任者ですし、地域の方々の力を借りてですが、十五年間も続けてきて愛着もありますし……、いずれは再開したいと思っていたんですけどね。どうなるか……」

なるほど、再開の希望はあるにはあるけれども、見通しはまったく立っていない状態なので、とりあえず教室は中途半端に残さず完全に片付けるつもりらしい。大型家具は処分にだってお金がかかる。売れるのなら、それにこしたことはないと。

「……やっぱり、こんな不吉な噂のついてまわる教室の家具なんて、売れないでしょうか？」

篠田が、期待と諦《あきら》めの混ざった目でヴィクトールの反応をうかがう。

ヴィクトールは、「人類と世間話をする気はない」という主張を顔に大きく描きながらも、「とりあえずチェックさせていただいても？」と、断りを入れた。返事を聞く前にせかせかと長テーブルに歩み寄り、様々な角度から眺め回す。

杏も先生方に頭を下げてから、ヴィクトールに近づいた。

板張りの床は明るい色合いで、だからこそ拭《ふ》き取り切れなかった絵の具の汚れの痕跡が見える。テーブルの周囲はそれが顕著《けんちょ》だ。

テーブルと椅子、どちらも木製。テーブルは脚の部分に挽物《ひきもの》加工が見られ、クロス型の太い貫《ぬき》で固定されている。先ほどまで授業を行っていたためだろう、三台のテーブルの天板の端に、ぐねぐねと自在に曲げられるタイプのアームライトが設置されたままだった。

椅子はというと、意外にも、というのは失礼だが、デザイン性のある形をしていた。背棒が

M字を描くような感じで取り付けられている。

「もしかしてアンティークチェアでしょうか？」

わくわくしながらヴィクトールに小声で尋ねると、椅子に手をかけていたヴィクトールはうっすらと笑った。

「いや、そこまで古いものじゃないと思うよ」

そうなのか。残念。

「でもこれ、いい椅子だな。量産型の商品じゃなくて、ひょっとしたらどこかの家具屋に作らせたセットじゃないか」

ヴィクトールの推測に、背後でこちらの様子をうかがっていた篠田が、「あら、わかりますか」と高い声を上げた。

「親戚《しんせき》に家具職人がいましてね。その親戚から譲《ゆず》ってもらったものなんですよ。だいぶん昔の話になりますけどね。でも、長く使いましたから傷も多いし、ヒビ割れもあるでしょう？」

やはり売るのは難しいか、という顔を篠田が見せる。

ヴィクトールは答えず、椅子を傾けたりテーブルの脚や継ぎ目を指先で触ったり、天板の裏側を確認したりと忙しい。

ヒビや傷は修復できる。脚が真っ二つに割れていても、その部分のみ新しいパーツに取り替えてしまえばいい。リペア作業には詳《くわ》しくない杏の目から見ても、じゅうぶん直せる範囲——

と思ったのだが、ヴィクトールは一通り観察をすませると、「これはうちでは買い取れませんね」と、あっさり断りの言葉を口にした。杏は驚いた。

「ああ、ですよねえ」

篠田ががっかりしたように答える。どうやら彼女は、不吉な噂がある上に傷や汚れも多いからだと勘違いしたようだが――。

(なんで⁉　この程度の傷やヒビなら問題ないはずですよね⁉)

杏は視線でヴィクトールに強く訴《うった》えた。

ヴィクトールはつれなく、「もう用はすんだ。帰ろう」と言った。

(どういうことなの。シェーカーチェアやバルーンチェアなんかの有名なアンティークじゃないから、買い取りしないとか?)

いや、ヴィクトールは椅子のくくりに入るのならなんでも平等に愛せるという、椅子限定博愛主義者だ。アンティークじゃなくたって何時間でもうっとりと眺めていられるはず。なにしろ錆《さ》びた古いパイプ椅子だって、まるで大事な恋人であるかのように愛《め》でていた。

そんな彼でも拒否するということは……幽霊?

(幽霊が取り憑《とつ》いている痕跡でも見つけたの?)

ヴィクトールの判断に不審なものを抱きながら、杏も恐る恐るテーブルの裏側を覗き込んだ。

……とくにおかしな点は見当たらない。

ついでに椅子も傾けて座面の裏をチェックし――「あっ？」と声を上げた。篠田たちが不思議そうに杏を見る。杏は笑顔で振り向いた。

「かわいい絵ですね！　猫かな？　子どもたちが描いたんでしょうか」

椅子の座面の裏に、歪《いびつ》な猫の絵が描かれている。

ひょっとしたら、と勘を働かせて他の椅子の座面の裏も確認すると、思った通り絵があった。ロバだったりネズミだったりと、それぞれ違う動物が描かれている。

「絵？　椅子の裏に？」

篠田たちは知らなかったようで、杏を真似《まね》て椅子を傾け、座面を覗き込んでいる。

「あらっ。これ、いつの間に？」

驚く彼女たちを見ながら、杏はそっとヴィクトールに近寄って、念のための確認をした。

「まさかと思いますが、座面裏に描かれた猫が幽霊の正体、とかじゃないですよね？」

先ほどの、猫のような不気味な鳴き声も聞こえるという話が脳裏をよぎる。

ヴィクトールは腕を組むと目を瞑《つぶ》り、「そうかもしれないね」と、露骨《ろこつ》なくらい適当に答えた。

「……ヴィクトールさん」

杏が低い声を出すと、ヴィクトールは大儀《たいぎ》そうに片目を開いた。

「猫はいつでも冒険するんだよ。長靴一足あればどこへだって自由に行けるし、幽霊も従えられるんだ」

「……。なんの話ですか」

冗談なのか本気なのか、判断が難しい。どういう意味なのかも、よくわからない。

重ねて尋ねようとした時、児童を玄関まで見送りに行っていたまーちゃん先生こと真木先生が戻ってきた。彼は、椅子の座面の裏を確認する篠田たちを見た瞬間、さあっと青ざめ、「すみませんでした！」と直角に腰を曲げて謝った。杏たちは彼の態度に戸惑った。

「そ、それは、僕が描きました。つい、その、あれです。清掃時に、魔が差して、あちこちに」

誰も責めていないのに、真木はたどたどしい口調で自白し始めた。

篠田たちがそんな彼に呆《あき》れた目を向ける。

「真木君、なんでそんな嘘をつくの？」

「生徒が描いた絵でしょ。あなたの絵じゃないことくらい、見ればわかります」

ぴしゃりと二人に窘《たしな》められて、真木は震え上がった。……なんとなく察してはいたが、彼らの力関係がここで明らかになった。といっても、決して険悪な雰囲気ではない。親しい相手への遠慮《えんりょ》のなさが感じ取れる。

「床や家具には描かないようにって、何度も皆に注意していたのにねえ……」

信頼が裏切られた気分なのか、篠田が残念そうにつぶやく。

どうやらその約束事があったから、真木はとっさに犯人の児童を庇ったらしい。

（ん？　ということは、真木先生は前からこの悪戯《いたずら》描きがあることを知っていた？）

それなら、篠田たちにバレる前になぜ消しておかなかったのだろうか。

謎《なぞ》に思って、杏はヴィクトールに目を向けた。不思議なことがあると、ヴィクトールを頼る癖《くせ》がついてしまっている。

が、ヴィクトールは杏の視線を無視した。その間に奥村が「子どもはかわいいけれど、甘やかしすぎはよくないのよ」と、真木を叱り始める。真木はたじたじだ。

（……あれ）

そこで杏は気づいた。帰ったはずの子どもたちが戻ってきている。玄関側に続くドアの隙間から、複数の顔が覗いていた。皆、ハラハラとした表情だ。

杏は、小さく手を振って、「今はこっちに来ないほうがいいよ」と合図した。この流れで出てきたら、彼らも真木と一緒に怒られるだろう。

しかし、篠田がめざとく気づいた。子どもたちは堂々と教室に入ってきて、「まーちゃん先生のせいじゃないよ、僕らが描いたんです」と、胸を張って答えた。まったく悪びれない彼らの態度に、真木が慌てふためき、「いや、僕が原因だから！」と叫ぶ。

「まーちゃん先生、悪くないよ」

「いや、だけど、僕がはじめに」

庇い合う彼らを交互に見て、痺《しび》れを切らしたらしき篠田が腰に手を当てる。

「んもう、あなたたち！　本当のことを言いなさい！」

細身ながらも貫禄《かんろく》のある篠田先生のお叱りに、全員、なんなら杏とヴィクトールまでも背筋を伸ばした。真木はあわあわと全員を眺め回したあと、肩を落とし、小声で答えた。

「……すみません。本当に僕が原因なんです。最初に僕がテーブルの裏に絵を描きました。それを、子どもたちが真似するようになったので」

「テーブルの裏？　でもさっき確認しましたが、そっちのほうにはなにも描かれていなかったですよ。絵があったのは、椅子だけですが……」

思わず口を挟《はさ》んだ杏に、彼は気弱な笑みを向けた。

「蓄光《ちくこう》塗料《とりょう》で描いているんですよ。テーブルにライト、つけているでしょう？　それで少し照らしておけば、絵が見えるようになります」

――きっかけは、今年の夏に起きた地震だという。

その日は、真木以外の先生方が所用で不在だった。習いに来ていた子どもたちはいつもの顔ぶれだったから、真木一人だけでも指導に問題はないはずだった。

そんな矢先、地震が発生した。真木は慌てて子どもたちに、テーブルの下に隠れるようにと呼びかけた。子どもたちはおとなしく従った。

震度5の揺れだったが、津波の心配もなく大きな被害もない。教室の棚が倒れることもなかった。どきっとはしたが、二次被害もなくすんで、真木はほっとした。

だが、そう感じていたのは真木だけだった。

いつもは大人相手だろうと物怖《ものお》じしない元気な子どもたちが、怯えた目をしてテーブルの下で縮《ちぢ》こまっている。真木はその事実に自分でも思いがけないくらいの衝撃を受けた。

せめて篠田たちがいれば、彼らの不安を取り除けただろうが、子育ての経験もない真木には、こういう時どんな言葉をかけて子どもたちを励《はげ》ませばいいのかわからなかった。

「――元々僕は、内向的なほうで……、人付き合いも苦手です。でもこの子たちは、先生らしくない僕にもよく声をかけてくれたんです」

真木が恥ずかしそうに微笑む。

友達感覚で気安く接してくれる児童に救われていたのかもしれない。

「地震のあった日、怖がるこの子たちを見て、僕は、なにかしないと、と焦《あせ》りました。たまに教室に出るだけの、バイトのような指導者ですが、児童を預かっているということと、その責任の重さを、この時はじめて実感したんだと思います。遅すぎる認識でしょうが……」

まーちゃん先生頑張ってるじゃん、と児童の一人がふんぞり返りながら、真木を褒《ほ》めた。

真木はちょっと嬉しそうな顔をした。仲良きことは美しきかな……とはいうが、ここでも力関係がはっきりしたような気がする。

とはいえ、多少奮起《ふんき》したところで、長年のものであるこのうじうじした性格を急に変えられるわけがない――と、真木はぼそぼそと話を続けた。

「……ここは海沿いの町ということもあって、地震は珍しくありません」

まあねえ、と奥村が相槌《あいづち》を打つ。

「子どもたちがテーブルの下に隠れた時……、ぎゅっと肩を小さくして恐怖をやり過ごす時、怯えずにすむ方法はなんだろうって考えました。それで、そうだ、この子たちは絵画教室に習いに来るくらいなんだから、絵が好きじゃないかと。僕が得意なことのひとつでもあります」

「それで、テーブルの天板の裏に、特殊《とくしゅ》な塗料で絵を?」

杏が尋ねると、彼は力なくこくりとうなずいた。

「教室が始まる前に、あらかじめライトで天板の裏を照らしておくんです。蓄光塗料は、太陽光じゃなくても光るので」

「へえ……」

「もしも地震が発生した時、皆がテーブルに潜《もぐ》ったのを確認してから、半分くらいカーテンを引いて、室内を薄暗くすればいい。そうしたら、絵が浮かびます」

真木の密かな企《たくら》みは、子どもたちの心に届いたようだ。その結果、彼らも面白がって、椅子の裏にこっそりと絵を描くようになってしまった。

「ですが、その、皆が使ったのは、普通の絵の具で……」

と、真木は視線をさまよわせた。

子どもたちは、丸まり始めた真木の背を励ますように叩いている。

（ああ……子どもたちの心情を思うと、椅子の絵を消せなかったんだろうなあ）

杏は納得した。叱ることもできなかったに違いない。それをしたら、児童が心を閉ざしかねない。真木は葛藤《かっとう》したことだろう。

「教室の清掃は僕の仕事なので、篠田先生方が椅子やテーブルを引っくり返すこともないかと、安易に考えてしまい、そのままに……、言わなければ、しばらくはバレないだろうと」

篠田と奥村が同時に唸《うな》る。真木は、びくっとした。それまで悪びれることのなかった子どもたちも、ここらでようやく落ち着かない表情をし始める。

「家具の査定の話は、今日聞いたばかりでしたので、絵を消す時間がありませんでした」

真木が項垂《うなだ》れる。

「あ、そっか。最近、不定期に教室を開いていたからですね。教室の閉鎖《へいさ》の件は重要なことなので前もって聞いていた、でも家具の買い取り話まではしなかったと。家具の件は、当日に聞いたって、なんの問題もないですもんね。秘密さえ抱《かか》えてなければ」

追い打ちをかけるつもりはなかったが、杏が思いついたままに言うと、真木はますます項垂れた。

「あの……もしかして絵の話って、幽霊の噂話ともなにか関係がありますか？」

本当に追い詰めるつもりはなかったのだが……どうしても気になり、杏は尋ねてしまった。真木の震えと冷や汗が止まらない。

子どもたちから、「このお姉さんの突っ込み、やばい。まーちゃん先生が死にそうじゃんか」という視線を頂戴してしまう。

「猫です」

真木は消え入りそうな声で答えた。

杏は首を傾《かし》げてから、はっとした。

「猫って、まさか……描いた猫が幽霊になったんですか?」

子どもたちが、なに言ってんのこのお姉さんマジやばい、という先ほどとは種類の違った視線をこちらに送ってくる。篠田たちからも似たような目を向けられた。

「いえ、その……、前に、教室からの帰宅途中のことなんですが、公園で、捨て猫を拾ってしまって」

「はあ……」

「僕が住んでいたアパートはペット不可で、それで、だけど、すごく小さな仔猫で、小雨が降っていたし、置いていくことなんかできないし、でも」

真木は顔を真っ赤にしながら言い募《つの》った。

——最初の、地震がきっかけ、という話を聞き出すだけでも三十分かかっている。

人類のお喋《しゃべ》りには長時間付き合えないヴィクトールが、内気な真木のまだるっこしい話し振りに焦《じ》れったくなったらしく、不機嫌な顔をして口を開いた。

「ああ、わかった。教室の壁にも猫をモチーフとした絵が多く飾られている」

ヴィクトールの視線が壁に向かい、また真木に戻る。

「座面裏の絵にもある。いや、猫を好きだと主張する人類はなぜか多いから、モチーフのかぶりもあるだろうが——揃いも揃って長靴を履《は》いている。これは不自然だ」

長靴？

「最初は、棚に『長靴を履いた猫』の絵本が置かれているからかと思ったが、他の動物の本だってたくさんあるじゃないか。なのに、なぜか猫まみれだ」

杏は驚き、壁の絵をあらためて見た。言われてみれば、確かに猫の絵が多いかもしれない。

(私、さっきじっくりと見たはずなのに、気づかなかったんだけど)

自分の観察力のなさに情けなくなる。

「で、教室にも長靴が転がっている」

ヴィクトールが指差す方向を、全員がつられて見つめた。

イーゼルの横に転がっている、絵の具のついた緑色の長靴を。

「アパートでは猫を飼えないから、とっさに教室に連れてきたんだろ」

ヴィクトールの問いに、真木の肩が跳ねた。

「なにしろ教室は不定期に開いている。開けない日も多かったようだ。少しの間なら、猫を置いてもまずバレない。掃除担当もこの真木という人類だ。痕跡を消すのも簡単だっただろう」

「……はい。そうです。でも、子どもたちに、猫の世話をしているのを、見られてしまって。とっさに長靴の中に隠したんですけど」

――残りの話をまとめると、こういうことだ。

猫を発見した子どもたちは真木の共犯者になってくれた。真木がどうしても猫の世話をできない時は、彼らが代わりにご飯の用意をしてくれた。子どもたちは、仔猫が怯えていないか心配になり、仲間と連絡を取り合って、夜中にこっそりと家を抜け出し、様子を見に来ることもあったという。その姿を近所の人に見つかりそうになり、とっさに教室に置かれていたイーゼル用のカバー……白い布を代用したものをかぶって逃げたのだとか。

夜道にひらひらと動く白い布の行列。つまりそれが――。

「布をかぶった僕らが、幽霊の正体だよ」

子どもたちが白状する。が、篠田が溜め息をつくと、彼らはさっと真木の後ろに隠れた。

杏は笑いそうになったが、いやいやと考えをあらためた。

(幽霊の目撃談が、教室を終わらせる原因のひとつにもなったわけで)

真木がこんなに蒼白なのも、それがわかっているためだろう。

「あなたたちったら、知らないところでなにをしているのよ……」

「でも、吉田君のお母さんだって仲間だもん」

と、児童の一人が言う。だから吉田君って、誰。

「僕らのお母さんだって、猫缶を用意してくれたし。家でも猫を預かったことあるよ」

おっと、家族ぐるみの犯行だったか。

「……これ以上、皆に負担をかけるわけにもいかないし、あの、幽霊の噂も早く止めなきゃと思って、それなら自分の生活も変えないといけなくて……」

真木が額の汗を拭《ぬぐ》いながら言い訳をする。

「まずは、ペット可の賃貸マンションへ引っ越さなければと、そう思いました」

「あら、もしかして真木先生が急に必死になって就職先を探し出したのも、仔猫のため？」

奥村が驚いた声を上げる。たぶん、今のままだと収入が心許《こころもと》ない状態なのだろう。

「本当にすみませんでした」

叱られた犬のようにしょげている真木と、続いて謝る子どもたちを、二人の先生はなんとも言えない顔で見た。杏もつい縮こまってしまった。ヴィクトールだけは「早く帰りたいなあ」という無の表情をしている。

「……あなたたちねえ」

篠田が、今日一番の大きな溜め息をつく。

奥村が、急に目を吊《つ》り上《あ》げた。

「だめでしょ、ここで猫を飼ったら！」

「す、すみません！」

真木が震え上がった。子どもたちも、つられて杏も飛び上がった。

その通り。ごもっとも。

なのだが……。

「絵の具とか彫刻とかねえ、猫にとっては危ないものが、たくさんあるでしょうが!! まずは相談!!」

篠田は、彼らを叱り飛ばす奥村にも呆れた目を向け、額を押さえた。杏は笑ってしまった。


「椅子の買い取りの話は流れてしまいましたが、よかったですねえ」

絵画教室を出て、ヴィクトールの車に乗り込みながら杏は言った。

「よくない」と、ヴィクトールは不機嫌な顔を維持《いじ》しながら車のエンジンをかけた。

「椅子の製作時間を削《けず》ってここへ来たのに、とんだ無駄足だった。だいたい、人類はなぜそこまで猫に甘いんだ。猫アレルギーの人類ですら、かわいいとか言うんだ。おかしい」

「ヴィクトールさん、猫アレルギーなんですか?」

「違うが、俺には動物をかわいがる趣味なんてない。だって人類が憎《にく》い。そして人類も動物だ」

どんな理屈だ、と杏は運転席を見遣《みや》った。

「そもそもなにも解決していないだろ」

「それはそうですが」

真実を見つけたからって幽霊の噂はすぐに消えないだろうし、教室に通う児童が増加するわけでもない。

「しかし人類って、なんであんなに矛盾《むじゅん》にまみれているんだろうな」

ヴィクトールがハンドルを握りながら、急に怒り始めた。

この人も人類なんだけどな、と思いながら、杏は「矛盾って?」と聞き返した。

「幽霊を信じていないというなら、なぜ『幽霊』の噂をするんだよ」

「……そこはまあ、別の問題じゃないでしょうか? 嘘だとわかっていても、ホラー映画って楽しいじゃないですか」

「まったく楽しくない。信じていないのになぜ怖がって楽しめるんだ。わけがわからない」

ヴィクトールの、人類に対する不信感がすごい。

「あの教室を貶《おとし》めるために、故意に不吉な噂を流した、というのならまだわかる」

「ええっ、ヴィクトールさんの発想のほうが怖いです!」

前から思っていたが、ヴィクトールは悲観的すぎる。陽気であっても、なんだか嫌だが。

「……なに君、幽霊より俺が怖いって？」

「いえ、その比較なら幽霊ですけど」

「じゃあなんで今、俺が怖いと嘘をついたんだ」

時々……いや、頻繁《ひんぱん》にこの人、妙な絡み方をしてくる。

「ヴィクトールさん自身じゃなくて、発想のことで……いえ、もういいです。ところでヴィクトールさん！　この世で一番美しい椅子ってなんだと思いますか！」

杏は強引に話を変えた。

「君の発想が一番怖い。そんな選べない選択を迫《せま》るなよ」

ヴィクトールが冷ややかに答え、やっと車を発進させる。

「真木先生にとっては、子どもたちの絵があるあの椅子が、この世で一番美しいのかなあ」

「は？　動物の絵で、椅子の価値が上がるとでも？　椅子は絵がなくても素晴らしいよ」

「ヴィクトールさん、そういうことじゃない……」

「君にとっては、俺の作ったものが、この世で一番美しい椅子だろ」

ヴィクトールは疑わない目で杏を見てから、正面に顔を戻した。

たぶんその通りなんだろうけれど、杏は意地になって返事をしなかった。するとヴィクトールは、わざわざ車を路肩に停めて、杏の返事を待った。

「なんで答えないの」

「ええ、そうですね！　はい一番ですよ！　……じゃあ、将来私が作るかもしれないものが、ヴィクトールさんが一番美しいと感じる椅子ってことですよね！」

「違うけど？」

即答され、杏は唖然《あぜん》とした。普通、ここは、うなずく場面では⁉

ヴィクトールは、「君、自分の不器用さを忘れたのか？　無謀な真似はやめときなよ。仮に作ったとしても、本気で座面に下手《へた》な猫の絵とか彫りそうだよな。うわ、お断りだ」と、平然と言い放った。

――本当に、この人のこういうところ、どうかと思う！

後日のことだ。

『TSUKURA』の店に、よそいきの恰好《かっこう》をした篠田と奥村が押しかけてきた。

「先日は、わざわざ家具の買い取りに来てくださったのに、結局無駄足を踏ませるようなことになっちゃったでしょう？　今日はお詫《わ》びのものを持ってきたの」

といって彼女たちが差し出したのは、金ぴかの額縁《がくぶち》におさまった一枚の絵画だ。

児童が描いたと思しき、猫の絵。

「いい出来でしょ。よければお店に飾ってくださいね。ああ、うちの教室のことなんですけれどもね。不定期の状態ではあるけれど、もう少し続けてみてもいいかって。思い切って今回の幽霊騒動を生徒たちの親御さんに打ち明けてみたらねえ、色々協力してくれることになって」

そうしてひとしきり雑談をすると、彼女たちは賑やかに帰っていった。その間、笑顔で対応し続けたのは杏で、ちょうど店にいたヴィクトールは一言も口を開かず、茫然《ぼうぜん》としていた。

「え……いらない。すごくいらないよ、絵なんか。俺は椅子一筋なんだ」

「まあまあ、ヴィクトールさん。この絵、どの子が描いたんでしょうね。吉田君かなあ。うーん、モダンかつシュールレアリスムな印象ですね」

「なに適当なことを言っているんだ。吉田って誰だよ。……いや待て、杏。飾るな。店内に飾ろうとするんじゃない」

杏は、引き止めるヴィクトールを無視して、店のカウンターの壁に飾ることにした。

長靴を履いた猫の冒険の絵。いい構図じゃないか。

「力作ですね！」

杏が笑顔で言うと、ヴィクトールの代わりに、にゃん、という猫の鳴き声が聞こえた気がした。『TSUKURA』に住み着いている気がしなくもない幽霊猫が同意したのかもしれなかった。

# あとがき

糸森 環

こんにちは、糸森《いともり》環《たまき》です。

本書を手に取ってくださってありがとうございます。椅子職人シリーズも六巻目になりました、嬉しいです。

このシリーズは基本的には一巻読み切りで、人類嫌いの椅子職人と霊感女子高生の、椅子に絡んだオカルト事件簿という形で進めています。

現代が舞台のため、作中には実在の椅子も登場しますが、あちこちに脚色や創作を加えていますのでご注意ください。

この巻は既刊よりもホラー要素を少々強めに出しています。怖い内容になっていたらいいのですが。

それから、いつもは家族愛や恋愛を絡めているのですが、今回は偽《いつわ》りの愛をテーマにして、人間の怖さみたいなものもプラスしてみました。

しかし手帳のプロット初期案を確認すると、「恋愛観覧車。ヴィクトールと杏《あん》が二人で乗る」という走り書きが見つかりました。それがなぜかプロット完成後にはこの内容に……。観覧車要素はどこへ消えたんでしょう。

本篇のほうでホラーの強化を目指したので、書き下ろしは逆にほのぼのした内容になっております。

謝辞です。

担当様にはいつも本当にお世話になっております。原稿の完成がぎりぎりで申し訳なく思いつつ、楽しく書かせていただけて大変感謝しております！

冬臣《ふゆおみ》様、毎巻イラストをとても楽しみにしています。本文イラストのキャラクターの表情がかわいいです。そしてカラーの雰囲気がものすごく好きです！

編集部の皆様、デザイナーさん、校正さんに書店さん。多くの方々のお力添えに、心よりお礼申し上げます。家族たちにもお礼を。

読者の皆様に、怖がったり楽しんだりしていただけるようなお話にできていましたら感無量です。

またお会いできますように。

引用文献
「ルバイヤート」オマル・ハイヤーム作　小川亮作訳　岩波書店

W I N G S ・ N O V E L

【初出一覧】
**遠雷、そして百年の恋について**：WEB小説ウィングス '23年5～7月、'23年10～12月配信
**悪だくみは長靴の中に**：書き下ろし

この本を読んでのご意見、ご感想などをお寄せください。
糸森 環先生・冬臣先生へのはげましのおたよりもお待ちしております。
〒113-0024 東京都文京区西片2-19-18 新書館
**[ご意見・ご感想]** 小説Wings編集部「椅子職人ヴィクトール＆杏の怪奇録⑥ 遠雷、そして百年の恋について」係
**[はげましのおたより]** 小説Wings編集部気付○○先生

椅子職人ヴィクトール＆杏の怪奇録⑥
**遠雷、そして百年の恋について**

著者：**糸森 環** ©Tamaki ITOMORI
初版発行：2023年6月25日発行

発行所：株式会社 新書館
[編集] 〒113-0024 東京都文京区西片2-19-18 電話 03-3811-2631
[営業] 〒174-0043 東京都板橋区坂下1-22-14 電話 03-5970-3840
[URL] https://www.shinshokan.co.jp/

印刷・製本：加藤文明社


ISBN978-4-403-54248-0 Printed in Japan


S H I N S H O K A N